허깨비 신이 돌아오도다

위래

허깨비 신이 돌아오도다 아작

toc.

이제 나명을 생각하면 쇠사슬이 먼저 떠오른다. 나는 의식을 망치지 않기 위해 쇠사슬을 움켜쥐고 있었다. 전화선 굵기의 가는 쇠사슬끼리 찰랑이는 소리. 쇠사슬이 살을 집어 생긴 손바닥의 찢긴 상처와 통증. 피와 땀으로 젖어 미끄럽고 뜨거운 감각. 그 쇠사슬은 나명의 가죽 목줄로 이어졌다. 목줄에 달린 반월형 고리를 통과한 쇠사슬은 채찍질로 난도질당한 나명의 등골을 타고 내려가 나명이 등 뒤로 차고 있는 수갑에서 끝났다. 나명은 비척대며 아란의 제단을 걸어 오르고, 나는 그 뒤를 따랐다. 나명과 걸음을 잘 맞춰야 했다. 나명은 지쳤고 힘이 없었다. 내 걸음이 너무 빠르면 쇠사슬이 늘어져 나명의 발에 걸릴지 모르고, 너무 느리면 나명의 목을 졸랐다. 그 외에는 신경 쓸 것이 없었다. 나는 가면을 쓰고 있었으니까. 눈구멍만 있는 황금 가면은 '별을 삼키는 아란'의 자식들 머리를 형상화했다. 이빨 가면이라고도 불리는 이 얇은 의장용 가면 아래에는 숨구멍이 뚫린 가죽이 덧대어져 있었다. 이 가죽은 오랜 시간 길이 들어 내 얼굴에 완전히 들어맞았다. 내 눈물은 흐르지 못하고 가죽에 스몄다.

"나명. 난 그런 약속한 적 없어. 그러니 책임질 필요도 없어."

나는 나명의 뒤에서 속삭였다.

"올라간 뒤에는 다시 돌이킬 수 없다는 거 알아? 다른 사제들의 눈이 있으니까."

나명은 아무 말도 하지 않았다.

"내가 쇠사슬을 풀면 그대로 중정을 지나쳐서 제단의 반대쪽으로 달려. 아란은 다른 제물들이 모두 준비되고 북을 친 뒤에야 잠에서 깨어날 거야."

나는 쇠사슬을 쥐고 있는 손 안에 수갑 열쇠도

가지고 있었다. 본래 의식을 제대로 따랐다면 이 수갑 열쇠는 제물을 구속한 뒤 버려져야 했다. 하지만 나는 미리 준비해둔 가짜 열쇠를 대신 버렸고 아직 들키지 않았다.

"제단 뒤에 있는 숲을 지나면 더는 추적하지 못할 거야. 북쪽 숲에는 떠돌이들이 있다고 들었어. 거기서 만나자."

물론 희망 사항에 지나지 않았다. 제물을 도망치도록 놔둔 내가 살아 있을 가능성도 없거니와, 도시 밖에서의 삶이 도시에서의 삶보다 나을 것이라는 근거도 없었다. 허깨비 신을 믿는 이들이 말하는 천국 같은 것이다. 사교도들은 말한다. 허깨비 신을 믿으면 죽어서 천국에 갈 수 있어. 하지만 천국이 실제로 존재하는지는 아무도 모르고 증명할 수도 없다.

"마지막 계단에서 열쇠를 사용할게. 멈춰 서지 않으면 내 계획대로 하겠다는 신호로 알겠어."

한 계단, 한 계단 올라갈 때마다 나는 희망이 커졌다. 이대로 나명이 도망칠 수 있을지도 모르겠다고 믿었다. 지금의 나명은 절뚝거리고 지쳤지만, 나는 나명만큼 몸이 날래고 발이 빠른 사람을 본 적이 없었다. 교단도, 공안도, 그리고 저 '별을 삼키는 아란'조차도 도망치기 시작한 나명을 붙잡을 수 없을 것이다.

마지막 계단에 올라서기 직전, 나명이 나를 돌아보았다. 잠깐이지만 명백하게 멈춰 섰다. 나명의 마지막 눈빛은 사납고 차가웠다. 시선을 마주하느라, 그리고 그 시선으로부터 나명의 생각을 읽어내느라 나명의 의지와 무관하게 사용하고자 마음먹었던 열쇠를 꺼내 들지 못했다. 그사이 예식을 담당하는 사제들이 내게서 나명을 인도받았다. 나명을 비롯한 제물들은 모두 무릎 꿇린 뒤 제단 위의 고정된 고리들에 묶였다. 나와 다른 사제들은 정해진 예식 절차에 따라 제단의 서쪽 계단으로 돌아 나왔다. 제단 위에서 아란을 보는 것은 금기였다. 오직 제물만이 제단 위에서 아란을 마주할 수 있었다. 사제들이 떠나자 제물들이 비명을 지르기 시작했다. 그중 나명의 목소리는 없다는 것에 안도했다가 이어 마음이 서늘해지는 것을 느꼈다.

제단의 절반 정도를 걸어 내려오자 제단의 중정에 몸을 숙이고 있던 아란이 거대한 몸을 펼쳐내면서 모습을 드러냈다. 아란은 허깨비 신과 달리 지금 여기에 정말로 존재하는 신이다. 단단한 실체를 가지고 있고, 눈앞에 있는 이들의 생사여탈을 제 마음대로 행한다. 그럼 서로 다르게 태어나 시기하고 갈등하는 삶을 살던 우리는 아란의 몸 안에서 한 몸이 되어 평화를 찾을 수 있게 된다. 아란교 신자들은 매달 희생 날이 오면 멀리 보이는 제단에서 달빛에 꿈틀대는 아란의 그림자를 보고 기도를 올린다. 자신도 언젠가는 아란의 몸으로 한 몸이 되어 이미 죽은 이들과 함께할 수 있길 바라며.

한때 나도 그런 사실을 믿었었다.

하지만 나는 감응할 수 있고, 금기를 들여다볼 능력이 있다.

나는 진실이 무엇인지 안다.

★

공안원들이 양동이에다 내장을 퍼담고 있었다. 정리는 끝나가는 중이었다. 아무렇게나 자란 수풀 사이에 무릎을 꿇은 채 제 일에 열중하는 공안원들을 지나치자 수채화처럼 번진 붉은 얼룩이 드문드문

11

펼쳐져 있었다. 살과 내장이 치워진 자리였다. 그 사이로 헤집어진 흙바닥이 눈에 띄었다. 공안원들의 부주의인지, 범인의 흔적인지 알 수 없었다. 대경기장(大競技場)의 트랙 안쪽은 과거에 공을 이용한 운동경기로 사용된 잔디밭이었다는데, 이제는 짙은 녹빛의 수풀들이 우거져 있었다. 비정기적으로 수풀을 쳐내는 때를 제외하면 마구잡이로 자란 상태로 두었다. 이제 사람들은 공을 차는 일에는 관심이 없었다.

내가 수풀을 헤치며 가자, 작은 공터에 이번 사건의 수사를 맡은 공안부장 오견이 있었다. 오견은 뒷짐을 지고서 사건이 벌어진 텅 빈 대경기장 내부를 바라보는 중이었다. 정확히는 대경기장의 가운데서 시작한 얼룩덜룩 말라붙은 핏물이 대경기장의 관중석으로 이어지는 것을 보고 있었다. 오견이 바라보는 관중석 사이에서도 공안원 몇몇이 집게와 양동이를 들고 서성였다.

콘크리트로 만들어진 대경기장은 대략 240년 전 지어진 것으로 알려져 있었다. 옛 시대의 건물들이 흔히 그렇듯 시청에서 관리하고 공안이 출입을 통제

해왔다. 실금을 메우기 위한 시멘트 자국이 거미줄처럼 남아 있으며, 기둥은 값비싼 강철로 보강되어 있었다. 대경기장의 내부를 구성하는 트랙 내부가 정돈되지 않은 수풀로 가득하단 점에서 전체적으로 을씨년스럽긴 했지만, 유지보수 덕분에 건축물의 기능 자체는 여전했다. 필요에 따라 내부 전기 설비와 수도 시설 일부를 활용할 수 있다는 말도 있었다. 일견 이런 튼튼하고 좋은 공간을 놀리고 있는 것은 시청이 가진 합리주의 원칙에 어긋나는 듯했지만 시청은 이런 종류의 옛 건물을 다루는 데 있어서 성물(聖物)을 취급하듯 조심스러웠다. 더 이상은 복원할 수 없다는 것이 큰 이유이리라.

내 발소리를 들었는지 오견이 힐끗 날 보았다. 중키에 살집이 있는 몸, 뿔테 안경을 쓴 부루퉁한 얼굴을 가진 이 남자를 외견만으로는 공안부장이라고 알아보긴 힘들 것이다. 하지만 눈썰미가 좋은 이라면 오견이 쓰고 있는 안경테가 쉽게 굽지도 부러지지도 않는 옛 시대의 기술로 만들어졌다는 걸 알 수 있을지도 모른다. 도시에서 옛 물건을 지급받을 수 있는 공직자의 숫자는 그리 많지 않았다.

"늦었군, 시운 감응관(感應官)."

나는 반사적으로 손목시계를 들여다보았다. 늦지는 않았다. 시계 자체는 옛 물건이 아니지만, 시계 부품 몇 가지는 옛 물건이었다. 도시에 셋밖에 없는 시계 장인만이 이 시계를 고칠 수 있었다. 아마 오견은 시계가 없는 사람들에게 말하던 버릇대로 내게 인사를 건넨 모양이었다.

"다 치워버렸군요."

나는 너스레를 떨면서 신발 밑창으로 잡초를 꾹꾹 눌러 밟았다. 감응 능력을 사용하기 위해서는 최대한 사건 현장이 보존된 쪽이 좋았다. 따라서 내 행동은 현장을 청소한 것에 대한 비난이었다. 새벽 시간 도시의 외곽에서 열댓 명가량이 사지가 찢겨 죽었다. 사전 정보가 없는 당장은 어떻게 이런 일이 일어난 것인지 이해하기 힘들었다. 이런 종류의 사건에선 보통 감응관이 오더라도 현장을 보존해야 했다. 오견은 그제야 날 돌아보았는데, 눈썹 하나 깜짝 않았다.

"관리국 국장 전화가 왔지. 다음 주에 모라교(母癩敎)의 행사가 있는데 이 대경기장을 쓸 거라더군."

"여기서 행사하기에는 수풀이 너무 무성하지 않습니까?"

"맞아. 관리국에서 제초 일정을 잡았는데, 내일까지 시간을 주더라고. 그래서 그냥 치우라고 했지."

"공안 체면이 말이 아니군요."

"나야 체면 구길 것 없지. 일 잘할 사람 부르면 그만이니까."

"그래서 절 부른 겁니까?"

"맞아."

시공감응(時空感應)은 사물과 공간의 기억을 들여다보는 능력을 통틀어서 부르는 능력이지만, 시공감응자들은 선물을 받은 다른 사제들과 마찬가지로 서로 다른 방법과 형식의 감응 능력을 갖추고 있다. 보통의 시공감응 능력자들은 사건 현장이 흐트러지지 않는 것을 선호하지만, 나는 크게 상관이 없었다. 내 감응 능력은 특별했으므로.

물론 나는 그 특별함만큼 비싸게 구는 쪽을 좋아했다.

"저라고 해도 이렇게 깔끔하면 품이 더 드는데요. 조금 더 기다려주셨어도 되지 않습니까?"

그 말에 오견은 입술을 비죽였다.

"알잖나? 내가 비위가 안 좋아서 그래. 나이를 먹으니 더 그런 거 같군."

그렇게 말한 오견은 내 뒤쪽을 슬쩍 보더니, 공안 하나를 손가락으로 가리키곤 까딱였다. 그러자 뜻을 금세 알아차린 공안이 양동이를 집어 들고 내 앞으로 가져왔다. 양동이에는 팔꿈치까지는 성한 팔 하나가 비죽 솟아 있었는데, 양동이를 바닥에 내려놓자 손목이 힘없이 꺾이며 양동이에 담긴 핏물에 흔들려 거절할 것 없다는 듯 손사래를 쳤다. 정작 오견은 흰 손수건 하나를 꺼내 코를 틀어막았다.

오견이 제 손목시계를 들여다보니 말했다.

"시간이 없군. …시작하겠나?"

나는 고개를 끄덕였다.

나는 오견에게 이번 사건의 피해자들이 누구이며, 얼마나 많은 사람이 죽은 것인지, 현장의 최초 발견자가 누구고, 용의선상에 오른 인물은 있는지 따위를 묻지 않았다. 감응을 하면 모든 걸 알 수 있으니까. 공안은 여타의 조사보다 감응을 가장 중요하게 생각하기에 도시에 열셋밖에 없는 감응관들은 빡빡한 일정으로 운용되었다. 그런데도 많은 사건은 감응 없이 조사가 일단락되었다.

　내가 외투를 벗자 공안 하나가 내 외투를 받아주려고 했다. 나는 가볍게 거절한 뒤 외투를 피로 얼룩지지 않은 바닥 위에 내려놓았다. 그다음 양동이 앞에 무릎을 꿇고 앉은 다음 오른팔 셔츠 소매를 팔뚝까지 걷어 올렸다. 몸을 숙이며, 양동이 안으로 오른손을 집어넣었다.

　손은 공기와 닿아 식어가는 표면을 지나 온기를 담고 있는 내장들 안으로 미끄러져 들어갔다. 피와 지방, 살덩이, 근막이 손에 엉겨 붙으며 서로 다른 촉감으로 자신의 존재를 주장했다. 양동이 안을 지배하는 것은 메테인 냄새지만 이어 쇠 냄새, 희미하지만 분명 생자였을 때의 체취라고 생각되는 옅은 살냄새가 진짜인지 내 환후인지 구별되지 않게 비강 내부를 스쳤다. 나는 양동이 내부에서 주먹을 움켜쥐었다. 근막 하나가 내 약지 손톱에 걸리고, 소장의 일부라고 생각되는 기름진 내장이 내 손바닥 밖으로 빠져나갔다.

　감각이 과포화되는 순간, 감응이 시작되었다. 나

는 내 초점이 갈라지는 것을 인식했다. 양동이를 두고 내 눈에 서로 다른 각각의 상이 맺혔다. 복시로 착각될 수 있지만, 하나의 상은 내 시각이고, 다른 하나는 감응 현상의 전조다. 나는 첫 번째 상을 지우기 위해 눈을 감고, 새롭게 생겨난 두 번째 상에 집중했다. 겹쳤다가 나눠지기를 반복하며 떨리던 초점은 내 눈을 떠나 내 위로 상승했다. 내려다보자 내 정수리와 양동이에다 손을 꽂아 넣은 나와, 그것을 지켜보고 있는 오견, 그리고 옆에서 지켜보고 있는 공안원, 그리고 붉은 번짐이 보였다.

시간이 뒤로 흐르기 시작했다.

나는 양동이에서 손을 뽑아낸다. 뽑아낸 손에는 아무것도 묻어 있지 않아 희고 깨끗하다. 나는 소매를 내리고 외투를 집어 들고 입으려는데 공안이 내 외투를 잠시 빼앗으려 들고 나는 손바닥을 보여 거절한 뒤 다시 외투를 입는다. 그리고 자리에서 일어나 고개를 끄덕인다.

"?나겠하작시… .군없 이간시"

오견이 뱉어냈던 말을 되먹는다.

이어 깨끗하게 청소되고 있는 현장에 대한 내 비

18

난과 오견의 설명이 주워섬겨지고, 내가 뒷걸음질
치기 시작한다. 오견은 나를 바라보다가 몸을 돌려
아무것도 없는 빈 현장을 관조한다. 그러다 나를 흘
끗 돌아보며 오견의 첫 마디가 공간에서 목구멍으
로 되돌아간다.

".관응감 운시 ,군었늦"

그 말을 들은 나는 마치 불쾌감을 느끼듯 뒷걸음
질을 친다. 나는 멈추지 않고 저 너머로, 대경기장의
외부와 이어지는 시멘트 트랙을 향해 농담처럼 뒤로
걸어간다. 나는 출입구 뒤의 그늘로 퇴장해버린다.
내 몸은 사라졌으나 나는 여전히 여기에 있다.

오견은 내가 떠난 출입구를 등진 채 그대로 서 있
다. 주변 공안원들은 사람의 사체와 내장을 양동이
에서 꺼내 대경기장 내부의 수풀에 천천히 흩뿌리
기 시작한다. 말라 있던 수풀들이 피와 기름, 오물로
번들거리며 마치 생명을 되찾아가는 것만 같다.

이어 보다 많은 수의 공안원들이 내가 떠난 출입
구로부터 걸어온다. 이들은 두 명이 한 조로 들것을
들고 있고, 그 들것에는 시체가 한 구씩, 어떤 들것
에는 두 구씩 실려 있다. 줄을 지어 시체를 들고 오

19

는 모습을 봐선 매장을 준비하려는 것처럼 보인다.

하지만 공안원들은 대경기장 내부로 들어와 수풀 사이로 시체들을 차례차례 내려놓는다. 마치 연극을 위해 무대 장식을 연출하는 것 같다. 이들은 무척이나 꼼꼼해서 부러진 팔의 배치나 늘어진 내장의 위치까지 신경 쓴다. 얼핏 보아서는 아무렇게나 놓여 있을 뿐이지만, 어떤 의미가 있기라도 한 것처럼. 그렇게 모두 열일곱 구의 조각난 시신이 수풀에 놓인다. 그사이 많은 공안원이 대경기장 내부를 오가고, 서성거리던 오견이 느린 뒷걸음으로 퇴장하는 것을 본다.

나는 공안의 사건 현장을 확인하는 과정에서 특별히 관측해야 할 것이 없음을 확인한다. 약 예순 명의 크고 작은 계급의 공안원들이 대경기장 내부를 뒷걸음질로 오고 간다. 북구 소속 공안원인지라 익히 아는 얼굴들이 많이 보인다. 어떤 이들은 분주하게 움직이고, 어떤 이들은 시체를 이리저리 살펴본다. 되먹음말을 청해하는 건 쉽지 않지만, 언젠가 들어본 익숙한 말들은 쉽게 들린다.

".니르모 도지을들엿 을말 리우 이람사 그 .해심조 말"

"…은람사 그 만지하 ?요을람사 그…."

".운시"

"?요굴누"

".까니으했 고라거 실르부 이님장부 .어됐"

"?요까를부 를구누 은관응감"

서성이던 마지막 공안원 무리가 대경기장 밖으로 나선다. 잠시 대경기장 내부는 적막해진다. 하늘을 올려다보자 태양이 비스듬하게 동쪽으로 기운 것이 보인다. 경기장 내부 출입구 쪽으로 단정한 옷깃에 회갈색의 작업 제복을 입은 노인이 서 있다. 작업 제복의 계급장을 확인하니 관리부 소속 말단 공무원이다. 경기장 관리자로 보인다. 노인은 시체들을 가리키며 곧 다가온 공안원 두 사람에게 무언가를 설명하고, 두 공안원은 뒤로 달음박질치며 경기장 안쪽으로 달려온다. 두 공안원은 질린 얼굴로 멀찍이서 대경기장 내부를 돌며 시체를 확인하고 세어가다가 점차 침착한 표정이 되더니 뒤로 걸어가 경기장 내부를 노인과 함께 빠져나간다.

노인이 다시 나타난 것은 해가 질 무렵이다. 허겁지겁 뒷걸음으로 걸어들어온 노인의 손으로 빗자루와 쓰레받기가 바닥에서 솟으며 노인의 손에 잡혀 든다. 노인의 시선은 경기장 내부의 수풀, 정확히는 그 수풀에 휘감긴 붉은 반점들에 꽂혀 있다. 하지만 이내 지루해졌는지 노인은 빗자루를 들고 먼지를 흩뿌려대며 관객석을 더럽힌다. 노인은 얼마 가지 않아 관객석 출입구로 걸어가 사라진다.

나는 대경기장의 밖을 엿본다. 범인을 찾기 위해.

핏물이라는 명백한 흔적을 요란하게 남기며 떠났기에 대경기장 밖까지는 그것을 쫓기 수월하다. 하지만 그 핏물은 대경기장의 북서방면에서 끊어진다. 대경기장은 도안구의 북쪽 끝에 위치해 있고, 도안구를 넘어서면 침엽수림이 이어진다. 북쪽 숲은 인간의 떠받듦을 받지 않는 외신과 그 자식들이 떠돌고 있어 사람의 출입을 불허한다. 핏물은 그 북쪽 숲으로 이어진다. 공안이라고 하더라도 추적하기가 까다롭다. 더 멀리까지 들여다볼 필요는 없을 것이다.

나는 대경기장으로부터 핏물과 범인이 남긴 흔적으로 보이는 발자국을 따라 북쪽 숲을 추적해 나가려다 두통과 함께 시야가 초점을 잃고 희미해지는 것을 느꼈다. 감응에는 언제나 시간적, 공간적 한계가 있다. 나는 북쪽 숲의 모습이 다시 또렷해질 때까지 대경기장을 향해 초점을 옮겼다. 해마저 완전히 져버리자 시야를 확보하기 어려워진다. 대경기장 내부는 물론이고, 대경기장의 외부도 광원이 존재하지 않는다. 도시 외곽과 사용되지 않는 건물에 전력을 낭비할 수는 없으니 당연하다.

나는 어둠 속에서 범인이 뒤로 걸어오는 것을 본다. 메마른 가죽을 두른 두꺼운 꼬리가 슬렁슬렁 흔들리며 다가온다. 이어 성인 남성의 키를 훌쩍 넘는 높이의 둔부와 그로부터 이어지는 커다란 팔뚝을 보았다. 일반적인 생물이라면 뒷다리라고 할 만한 위치지만 생긴 것은 영락없은 인간의 팔뚝이다. 발이 있어야 할 곳에는 회색 거친 피부를 두른 손가락이 뻗어 있다. 손가락은 파헤쳐진 흙들과 함께 부드러운 흙바닥 사이로 매끄럽게 들어갔다가 구멍을 메우며 빠져나온다. 대경기장의 수풀을 헤집어 드러난 흙과 구멍들이 어떻게 만들어졌는지 알게 되었다. 범인의 발자국이었다. 이 괴물은 앞다리는 뒷다리보다도 커다란 인간의 팔을 흉내 내고 있었는데, 머리 부분은 그 어떤 동물로도 비유할 수 없었다.

목을 기준으로 타원형이지만 그 타원형을 만드는 것은 각 장이 둥글게 시작해 끝이 뾰족하게 끝나는 물방울 모양 살거죽들이었다. 괴물이 더 뒤로 다가오자 이제 괴물의 머리를 찬찬히 살펴볼 수 있다. 괴물의 머리에 있는 각각의 머리덮개 안쪽은 불그스름한데, 이빨로 추측되는 한쪽 면으로 휘어지는 삼각뿔 모양의 흰 돌기가 빽빽하게 박혀 있다. 아마 머리통 가운데 입이 숨겨져 있을 테니 머리통을 덮고 있는 거죽들은 입술이라 부를 수 있을 것이다. 수십 장은 겹쳐 있는 이 입술들은 괴물 스스로도 주체할 수 없는지, 뒤로 걸어갈 때마다 터덜터덜 흔들렸다.

괴물은 북쪽 숲을 빠져나온 뒤, 천천히 다리를 절고, 몸을 가볍게 경련한다. 그러곤 대경기장을 올려다볼 수 있는 자리, 이미 자신의 몸 모양으로 파여 있던 흙바닥에 몸을 맞추듯 주저앉는다. 나는 이 전조가 무엇을 의미하는지 안다. 괴물은 몸을 떨더니 옛 신앙 속의 사도처럼 솟아오른다.

괴물은 대경기장의 가장 높은 가장자리에 내려앉았다. 상현달이 대경기장의 서편으로 떠 있어 이제야 괴물의 색채가 눈에 들어온다. 괴물의 입가와

앞발은 모두 불그스름하게 피로 물들어 있다. 제대로 볼 수 없었던 괴물의 눈도 찾을 수 있다. 목덜미 부근쯤 점처럼 몇 개 박혀 있는 눈들은 흰자위 없는 검정이라 시선을 파악할 수 없다. 괴물은 관중석 의자들을 밟으면서 뒤로 내려온다. 그러곤 앞서 공안원들이 양철 양동이에서 집게로 내려놓은 사람의 팔뚝을, 그리고 내장 무더기를 쥐고선 관중석의 가장 낮은 자리까지 뒤로 걸어온다. 그 자리에서 괴물이 무언가를 게워낸다. 팔과 내장을 쏟아낸 사람의 상반신이다. 괴물은 진흙더미를 가지고 노는 아이처럼 앞발과 자신의 입으로 사람의 형상을 지어낸다. 하지만 이것만으로는 마뜩잖다. 괴물은 눈을 게슴츠레 뜬 사람을 손에 쥐고 대경기장의 안쪽으로 꼬리부터 떨어져 내린다. 괴물의 앞발로 널브러져 있던 사람의 하반신이 날아들어 온다. 괴물이 양손에 쥐어진 사람의 상반과 하반을 힘을 주어 꿰맞추자 사람은 마치 다시 태어난 것처럼 울부짖는다. 괴물이 만족한 듯 사람을 내려놓자, 사람은 얼어붙은 채 동상처럼 서 있다. 괴물이 뒤로 빠르게 달음박질을 칠 때에야 사람은 앞으로 천천히 다가온다.

괴물을 따라올 공예가는 많지 않을 것이다. 괴물은 사람의 시체들을 엮고 게워내며 사람을 만들어 낸다. 괴물이 꼼꼼해서 수풀에 묻은 핏방울 하나까지 거두어 되살아난 이들은, 뒤늦게 괴물에게 도의를 표하기라도 할 생각인지 뒤를 향해 느리게 뜀박질하며 뒷걸음질 치는 괴물에게 달려간다. 괴물은 쉽게 잡혀주지 않는다. 괴물은 되살아난 이들에게 교묘하게 붙잡히지 않으면서 사람들을 하나씩 하나씩 만들어나간다. 나는 사람의 숫자와 공통점, 그리고 외견을 통해 알아볼 수 있는 정보를 파악해나간다. 인원수는 모두 열일곱, 나이는 노인에서 청년까지 다양하고 성별도 여성이 셋 더 많은 정도다. 이들은 비가 오지 않는데도 모두 시청에서 배급되는 작업용 짙은 녹색 우의를 입고 있다. 이들 공동체가 유대감을 형성하기 위한 일종의 상징으로 보이는데, 내가 아는 한 이런 복장을 갖춰 입는 집단은 마땅히 없다. 사교도를 제외한다면 늦은 새벽 시간 관리가 허술한 장소를 찾아 왜 사람들이 모였는지에 대해서는 이제 이해할 수 있다.

다만 이들이 어떤 외신을 믿는 사교도들인지는

27

알기 힘들었다. 교단은 정기적으로 각 지역의 공안들로부터 사교도 정보를 교합하는데, 이들은 내가 알고 있는 그 어떤 사교도들과도 정보가 일치하지 않았다. 이렇게 되면 일이 어려워진다. 일반적으로 도시의 사람들은 옷에 있는 명찰과 계급장을 통해서 이름과 직위, 지위를 알 수 있는데 이들은 우의를 입고 있어서 단번에 알아볼 수 없다. 이들의 우의와 옷 사이로 내 초점을 밀어 넣어보지만, 날은 어둡고 우의는 빛을 투과하지 않기 때문에 글자를 정확히 알 수 없다. 내 감응의 공간적 거리가 한계가 있듯, 시간적 거리에도 한계가 있다. 하지만 비밀스러운 모임을 한다고 하더라도, 불심검문 때 내놓을 신분증을 모두 지니고 있을 터이니 대체로 추적하면 알 수 있다. 나는 이미 머리통이 집어삼켜지거나 크게 훼손된 이들을 중심으로 얼굴을 기억해 두었다.

어느새 사교도들은 괴물을 중심에 두고 원형을 이루어 둘러섰다. 마치 괴물을 새로운 신으로 맞이하는 것 같은 모습이다. 하지만 괴물은 그것을 거절하듯 홀쩍 뛰어 이들이 만들어낸 원에서 뒤로 뛰쳐나간다. 괴물은 어슬렁대며 경기장 출입구 쪽으로 걸어 나간다. 나는 초점을 괴물에 두어야 할지, 아니면 사교도들에 두어야 할지 고민한다. 나는 대경기장을 원경에서 바라보기로 하고 넓게 조망한다. 그러다가 지금까지 초점이 잡아내지 못했던 또 다른 인물을 발견했다. 관객석 북쪽 방면 출입구에 자리를 잡은 이 인물 또한 사교도들과 같은 녹색 우의를 입고 있는데, 출입구로부터 뒤로 달려들어 온다. 괴물을 발견했기 때문에 미리 도망친 것이다. 나는 자리에 모여 이야기를 나누기 시작한 사교도들과 괴물 모두를 포기하고 이 인물로 초점을 옮겼다. 그리고 나는 이 인물이 내가 익히 아는 얼굴을 가졌다는 것을 알게 되었다.

나연이었다. 나연은 석 달 전 죽은 나명의 두 살 어린 동생이다. 나명이 죽은 뒤로는 얼굴을 보지 못했기에 당혹스러웠다. 감정이 움직이자 감응에 대한 집중이 흐트러지고, 세상이 흐려지고 초점이 시공을 넘어 다시 내게로 넘어오고자 했다. 나는 다시 의식을 집중하고 나연을 바라보았다. 나연은 서둘러 뒤를 돌아선다. 나연은 괴물을 바라보았을 텐데도 침착한 표정이다. 나는 그 이유를 알아차린다. 나연은

29

괴물을 발견한 다음에, 그 이후에 어떤 일이 일어날 것인지 직감했다.

나연이 말한다.

"날 찾아와."

다시 한번 감응이 크게 흐트러진다.

의미되지 않는 되먹음말이 아닌 또렷한 문장. 되먹음말을 감응하는 순간에도 정확히 들리도록 연습했다. 즉, 나연은 내게 말하고 있었다. 나연이 뒤늦게 괴물을 발견하고 입을 틀어막고 울먹임을 삼키다 경악에 가까운 표정으로 변해간다. 감응이 깨진다.

★

"사제님을 죽이고 싶지는 않은데."

그렇게 말한 것은 두목이라고 불리는, 머리를 민 덩치가 큰 사내였다. 두목은 무망동에서 도안동 일대에 시체 유통의 절반 가량을 혼자 담당하고 있었다. 시체는 기름에서 거름, 가죽까지 재활용 산업의 중심이니 그 유통을 쥐고 있으면 이권도 적지 않았다.

"교단과 척질 수는 없으니."

말하는 것 치곤 손이 험했다. 아직 내게 손을 대

진 않았지만 비찬은 어두운 창고 바닥에 쓰러져 있었다. 비찬은 목덜미를 부여잡고 나를 올려다보고 있었다. 할 말이 많아 보였지만 공기가 자꾸 목덜미에서 새서 말 비슷한 것도 되지 않았다.

비찬은 공안 형사인 나명이 대외적으로 조직을 운영할 수 없어서 내세운 바지사장이었다. 나명의 말에 따르면 기숙학교를 중퇴한 1차 노동자인데, 얼굴이 잘생긴 데다 언변이 좋아서 어디든 내세우기 좋다고 평했다. 본래 사기꾼이었다고도 했다. 비찬 또한 나명의 말만 잘 들으면 좋은 음식이며 술을 먹고 지갑도 두둑이 채워주기 때문에 불만은 없어 보였다. 적어도 두목에게 목이 베이기 전까진 그랬다.

비찬을 걱정할 형편은 아니었다. 두목의 손에는 선혈이 뚝뚝 떨어지는 단도가 쥐어져 있고, 내 두 손목과 두 발목은 묶여 있었다.

두목이 말했다.

"왜 사제님이 여기 있을까. 혹시 내가 염려하는 사태가 아니라면 좋을 텐데."

"…뭘 염려하고 있길래?"

"글쎄. 사제님은 내가 무슨 걱정을 하든지 내가

걱정하는 사태가 아니기만 바라야지 않을까?"

맞는 말이었다. 두목은 진정성 있게 나를 죽일지 말지 고민 중이었다. 이런 종류의 조직들은 교단과 공안이 허용해주고 있기 때문에 존재하고 있을 뿐이지만, 달리 말하자면 사제 하나가 죽는 사사로운 문제 정도는 교단과 공안의 입김으로 덮을 수 있다는 말이기도 했다.

아마 두목이 걱정하는 것은 둘 중 하나로 생각되었다. 하나는 진급을 위해 성과가 급해진 공안부장 하나가 평소 점찍어둔 조직 하나를 해체하기로 마음먹었다고 보는 것. 그래서 얼굴이 익히 알려진 공안 형사가 아니라 파견 사제로 간을 보려고 하는 것 아닐까 하고 생각할 수 있다.

다른 하나는 눈앞의 사제가 형사과로 파견을 나온 것이 아니라, 뒷돈을 챙기기 위해 다른 조직과 손을 잡고 시신 유통업의 지분을 빼앗으려던 것이다. 이 경우엔 형사과나 교단 측에선 달리 알고 있지도 않겠지.

나야 진실을 알고 있으니 두목처럼 걱정할 필요는 없었다. 진실은 당연히 두 번째였다. 문제는 둘

중 어느 쪽이든 두목이 나를 죽일 만하다는 것이었
다. 오해 때문에 죽느니 사실 때문에 죽는 게 낫지
않을까? 나는 진실을 알려주기로 했다.

"허깨비 신에 대해서 들어본 적 있을 텐데."

"허깨비 신? 아, 요즘 유행하는 사교 말인가?"

사교는 어느 때든 유행했다. 어째서인지 사람들
은 배교를 매력적으로 느꼈다.

"우리가 그 사교도야."

"너희들이? 흠, 이야기를 많이 듣긴 했어. 허깨비
신이 돌아온다고?"

"그래."

"허깨비 신이 뭐지?"

두목은 이야기에 흥미를 느꼈다. 잠깐이나마 목
숨이 연장된 듯했다.

"실제로 존재하는 육체를 가진 신들과 달리, 그렇
지 않은 신을 말하지. 그래서 이름도 없어."

"그걸 믿으면 뭐가 좋은데?"

"음, 지금 도시가 좋다고 생각하나? 사람들은 쉴
새 없이 일을 해야 하고, 시청의 눈 밖에 나면 소리
소문 없이 사라지고, 교단의 뜻을 거스르면 제물로

바쳐지지. 물론 그걸 원하는 사람들도 있긴 하지만, 그게 정상은 아니잖아? 안 그래?"

두목은 턱수염을 긁었다.

"사제님이 할 말은 아니군. 뭐, 옛사람들은 이것보다는 더 낫게 살았다지. 하지만 그때는 외신(外神)들이 없던 때 아닌가? 그리고 나는 시체 팔아서 적당히 잘 먹고 살고 있는데."

"모두 자네 같은 건 아니니까 말이지. 누군가는 세상이 뒤집혔으면 하거든."

"허깨비 신이 돌아오면 그렇게 되나?"

"그렇지. 옛날에는 모두 허깨비 신을 믿었어. 그러면 그때로 돌아가게 되는 거야."

두목이 미소를 지었다.

"재밌군."

"어때, 자네도 우리 사교에 들어올 생각이 들어?"

"아니."

두목이 무표정으로 돌아갔다.

"내가 재밌다고 한 건 사제님의 허깨비 신에 흥미가 생긴 게 아니라… 내 사업을 나눠 먹으려던 머저리가 어떻게 조직원 머릿수를 채워가나 궁금했는데,

그 방법을 알게 돼서 재밌다는 거야. 공안의 함정 수사 같은 게 아니라니 다행이군."

나는 혀를 챴다. 아무래도 잘못 짚은 모양이었다.

두목이 의자에서 일어났다.

"그 허깨비 신이 사후세계도 잘 마련해뒀길 바라지."

하지만 두목은 내게 걸어오기 전에, 우뚝 멈추어 섰다. 그리고 자신의 가슴을 꿰뚫고 나온 기다란 정육도를 내려보았다. 두목은 얼떨떨하게 튀어나온 정육도 칼날을 바라보다가 천천히 고개를 돌렸다. 하지만 고개를 모두 돌리기도 전에 앞으로 쓰러져 내렸다. 심장이 관통되었으니 즉사였다. 피가 쏟아지며 내 신발 밑창을 적셨다.

두목 뒤에 서 있었던 것은 나명이었다.

"고생했어."

"이렇게 빨리 찾아올 줄은 몰랐는데."

"사람은 감응할 줄 몰라도 생각이란 걸 할 줄 알거든."

나명은 우선 비찬에게 다가갔다. 그러곤 목에 손을 가져다 대었다가, 자리에서 일어나 미련을 가지지 않고 내게 왔다. 나명은 내 묶인 손목과 발목을 풀어낸 뒤 주물러댔다.

저림과 통증을 삼키며 내가 질문했다.

"경비는?"

"다 정리했어. 정리한 건 좋은데 뒤처리가 문제네. 이 정도면 부장도 무시하고 지나가진 않을걸."

나는 고개를 젖히며 의자에 몸을 느슨하게 뉘었다.

"여기가 발견되는 데 시간이 얼마나 걸릴까?"

"글쎄. 관련자는 다 죽었어. 창고를 잠가두면 며칠 동안은 들여다보는 사람들 없을 텐데. 시체 냄새가 풀풀 풍기기 시작한 뒤에야 누가 신고할 테니까."

나는 고개를 들었다.

"그럼 괜찮겠네. 그냥 가자."

"왜?"

"감응관 중에 이틀 이후까지 감응할 수 있는 사람은 한 명밖에 없어."

"한 사람은 있다는 말이군."

"그게 나야."

공안에선 폭력 조직간 다툼으로 보고 적당히 넘어가거나 조사를 시작해도 다른 감응관을 호출했다가 미결 사건으로 처리할 것이다. 만약 날 호출하게 되면 사건을 적당히 조작하고 둘러댈 수 있다.

나명은 내게 예스럽게 손을 내밀었다.

"유능한 감응관과 함께 할 수 있어 영광입니다."

나는 나명의 손을 잡으면서 일어났다.

"별말씀을."

*

진득하게 휘감겨오는 양동이 안에서 나는 손을 황급히 뽑아냈다. 핏방울이 주변에 튀자 공안원과 오견의 발치에 피가 튀었다. 오견은 제 바짓단을 쓱 보더니 가볍게 혀를 찼다.

"못 볼 꼴이라도 봤나 보지?"

"…예, 뭐."

내가 가볍게 머리를 흔들자 오견도 더는 캐묻지 않았다. 감응관을 비롯한 사제들이 능력을 사용한 뒤에 가벼운 스트레스 반응을 겪는 것은 일반적이었다. 오견은 손수건으로 제 바짓단을 닦으려다가 내게 건넸다. 난 일단 깨끗한 왼손으로 받아 들었다. 오물이 묻은 손을 닦기에는 다소 값진 물건이었다.

"뭡니까?"

"코피."

"예?"

오견이 내 얼굴을 가리켰다.

"코피가 나는군."

난 그제야 뜨거운 액체가 입술에 닿는 걸 느꼈다. 나는 손수건으로 코를 막았다. 뒤늦게 공안원이 수건을 가져와 내 오른손을 닦아냈다.

오견이 말했다.

"요즘 바쁜가?"

"일정 이상으로 일하긴 했습니다."

"비번날은 좀 쉬지 그러나."

"마땅히 할 것도 없어서."

"자네 죽으면 믿고 맡길 감응관이 없어."

나는 입가만 올려서 웃고 말았다.

코피가 멎은 다음 손을 가볍게 씻어내고서, 상비하고 있는 스케치판 위에 도화지를 올리고 범인의 몽타주를 그렸다. 스케치 실력이 좋은 편은 아니지만, 그 대상이 충분히 특징적이었던지라 그려내는 것이 어렵지는 않았다.

그림을 받아 든 오견이 말했다.

"목련 같지 않나?"

"네?"

"이 부분 말이야."

오견이 괴물의 머리 부분을 가리켰다. 어찌 보면 그렇게 볼 수 있을 것 같기도 했다. 4월 말쯤 하여 봄비를 맞아 푹 시들기 직전의 자목련이라 한다면. 나는 고개를 끄덕였다.

"뭐, 그런 것 같기도 합니다."

"목련존자(木蓮尊者)라고 불러야겠군. 아마, 외신의 자식 중 하나일 것 같고."

나는 그 부분에 대해서는 딱히 대답하지 않았다. 외신이 도시에 위협이 되는 것은 사실이었다. 하지만 본질적으로 외신들은 본신(本神)들과 다르지 않았다. 이 둘의 차이라면 본신들은 영역을 갖추는 데 성공했고, 외신들은 실패했다는 것 정도였다. 그리고 본신들은 언제나 내키는 대로 새끼를 치고, 그 새끼들을 멋대로 풀었다. 이런 사실을 아는 사람들은 그렇게 많지 않았다. 공안은 도시 구획 내에서 발견되는 대부분의 괴물을 외신의 자식이라고 공표

했다. 물론 이러한 의심은 '불경한 말'로, 공안과 교단 모두에서 신성모독이란 죄목으로 긴급체포할 수 있었다.

나는 오견이 처음 바라보던 관객석 쪽을 바라보았다.

"걸음이 빠르지는 않으니 추적이 가능할 것 같습니다. 그리 숲 깊게 들어가지도 않았을 테고."

감응은 사건 현장을 분석하는 것도 있지만, 진정한 가치는 대상을 추적하는 일에 있었다. 애초에 현장에서 확인된 범인이 어디로 이동했는지, 결국 지금 어디에 있는지 알 수 있다면 현장을 되짚어 보는 건 큰 의미가 없었다. 감응 능력자들이 반쯤 공안 취급되는 것은 그런 이유였다.

오견이 가로저었다.

"아니, 오늘 자네 일은 끝났어."

"무슨 말입니까?"

"우린 목련존자를 뒤쫓지 않을 거니까."

오견이 이어 말했다.

"우리가 쫓을 건 목련존자가 아니라 사교도들이거든. 목련존자를 쫓기 위해선 자네 능력이 필요하지만, 이미 죽은 사교도 잔당을 잡기 위해서는 그렇게 쓸모 있진 않지. 물론 신분 확인 정도는 도와줘야겠지만."

"잘 됐군요."

나는 짐짓 다행이라는 듯 콧대를 꾹꾹 눌렀다. 일반적으로 외신의 자식이 발견되면 공안은 교단과 협력해서 사로잡았다. 언제든 도시를 날릴 수 있는 괴물을 가만 놔둘 수는 없으니까. 하지만 공안은 그보다 더 중요한 일이 있다고 생각한 모양이었다.

"그런데 그래봤자 사교도들 아닙니까? 공을 들여야 할 이유는 없을 텐데요."

그 말에 오견이 고개를 끄덕였다.

"자네는 나명에 대해 잘 알고 있을 테지."

"예."

나는 나명과 기숙학교 동기였다. 이후에는 나명이 공안 형사로, 내가 아란교 파견 사제로 같은 사건을 맡은 것을 계기로 다시 친구가 되었다. 하지만 나명이란 이름은 이제 쉽게 언급할 수 없게 되었다. 나명은 불온사상가이자 사교도였다. 전자만이라면 교수대에 매달리는 것으로 끝났겠지만 사교도였던

41

나명은 고문 끝에 개종하고 아란교 신자로서 별을 삼키는 아란에게 제물로 바쳐졌다.

"나명이 만든 사교가 아직 남아 있나 보더군."

"제가 볼 때는 여러 상징이 그때와 같지는 않던데요."

"그건 조사해봐야 할 문제지."

나는 미소를 짓고 외투를 집어 풀을 털어내고 입었다. 내 질문이 자연스럽길 기대하며 내가 말했다.

"계속 조사 중이었던 겁니까?"

"그래. 몇몇 사교도는 이미 확인이 끝났었지."

"그럼 평소 하던 대로 했어야죠."

"알다시피 점조직이라서. 형사과에서 말하길 일망타진하려면 현장을 덮치는 게 좋을 거라더군."

그렇게 말한 오견은 고개를 살짝 가로저었다.

"그 결과가 이렇게 되어버릴 줄은 몰랐지만."

"운이 좋은 친구들이군요."

"아, 뭐 그렇긴 하군. 우리가 잡아서 교단에 넘기는 것보다야 지나가던 외신의 자식에게 잡아먹히는 게 낫겠지."

오견은 껄껄 웃었다. 직급이 낮은 사람들이 이런

종류의 불온한 농담을 하게 되면 벌점을 받게 될 테지만, 오견 정도의 직위를 가진 사람이라면 사제 앞이라도 걱정이 없었다. 물론 내가 다른 사제들에 비해 세속적이라는 점도 오견이 편하게 말할 수 있는 요인일 것이다. 나도 오견이 어색해하지 않도록 입가에 미소를 걸고 있었다.

"그래서 말인데…."

"네?"

"현장에 있던 다른 사교도 생존자는 없었나? 이렇게나 숫자가 많으면 몇몇은 도망칠 수도 있었을 텐데."

나는 오견이 다음 내 말의 진의를 파악하기 위해 신경을 집중하는 것을 느꼈다. 그럴 수밖에 없었다. 나명이 죽었을 때 나는 나명의 친구로서 주요 참고인이었다. 나명과 같이 사교도임을 의심받은 것이었다. 하지만 최종적으로 혐의가 없다는 것이 밝혀졌고, 나명을 고발하고 아란교 제단으로 나명을 직접 인도하는 것으로 내 신실함을 보여주어 모두의 의심에서 벗어났다, 그렇게 생각했었다.

"없었습니다."

나는 결백하다는 듯 너무 다급하게 답하지도 않고, 생각이 많아 보이는 것처럼 너무 늦게 답하지도 않았다.

"목련존자는 상당히 재빠른데다 지능도 높았습니다. 출입구로 달려가는 사람과 멀리 도망가는 사람부터 공격해서 사람들을 몰더라고요."

"귀찮은 놈이군."

오견은 그것으로 되었다는 듯 그대로 대경기장의 출입구로 걸었다.

"나머지는 들어가서 이야기하지."

나는 오견을 뒤따르다가 목련존자가 사라진 관객석을, 이어서 나연이 사라진 관객석 출입구를 바라보았다.

★

퇴비 냄새가 났다. 짙은 녹색 작업복을 입은 1차 노동자들이 줄지어 벼를 베어내고 있었다. 노랫소리 같은 게 어렴풋하게 들려오다 멀어졌다. 1차 노동자들 뒤로는 노동 감시관이 노동자들의 등을 노려보고 있었다. 채찍도 권총도 허리춤에 잘 매여져 있었다.

도시의 남부에는 집단 농장이 늘어서 있었다. 남부를 가로지르는 국도는 오랜 시간 관리 되지 않아 시멘트들이 부서지고 깨졌다. 이따금 관리해도 깨지는 자리만 깨지기 때문에 사람들은 시멘트 품질이 날이 갈수록 나빠지고 있다고들 말했다. 공장을 돌리고 차량을 움직이는 기름은 모두 '불을 껴안는 탄야'의 자식들에게서 나왔다. 일반적으로 '사타'라고 하는데 이 사타 젖을 가공하면 고순도의 기름이 되었다. 문제는 사타 사육을 늘리는 게 쉽지 않다는 것이다. 본신의 자식답게 사타들은 아주 사나워서 사제 중에 사타를 부릴 수 있는 사제가 있어야 했다. 그렇지 않으면 우리에서 뛰쳐나와 도망가고 사람을 잡아먹었다. 그리고 예비 사제들이 사제가 될 때 사타를 부릴 수 있는 선물을 받을지 어떨지는 전혀 알 수 없었다. 최근 몇 년간은 사타를 부리는 사제가 나타나지 않았다. 사람들은 탄야에게 더 많은 공물을 바쳐야 한다고들 말했지만 사원 내의 비밀 통계를 따르면 아무런 연관성이 없었다. 차량 운용 허가도 시청의 말단부터 서서히 금지되고 있었다.

　"파견 업무가 별로였던 모양이죠, 선배님?"

운전석의 이도가 곁눈질하며 말했다.

"아침부터 내장이 담긴 양동이에 손을 쑤셔 넣었는데 기분이 좋을 수 있겠어?"

나는 가볍게 손을 털었다.

"내장 냄새가 아직도 나는 것 같아."

이도는 운전대를 잡지 않은 오른손으로 내 왼손을 잡아채곤 고개를 기울여 코를 가져다 댔다.

"별 냄새는 안 나는데요."

나는 손을 잡아뺐다.

"반대쪽 손이거든."

"그럼 그쪽 줘봐요."

이도는 더 깊게 손을 내밀었다.

나는 그 손을 쳐내고서, 내 오른손을 들어 코에 가져다 댔다. 우유 비누 냄새밖에 나지 않았다.

"깨끗이 씻었어. 냄새 안 나."

나는 나연이 비누 공장에서 일하고 있다는 사실을 떠올렸다. 비번인 내일은 시간을 내서 나연을 찾으러 가야만 한다. 나연이 자신을 찾아오라고 말했기 때문에.

이도가 입술을 비죽 내밀었다.

"그 말은 제가 하고 싶었던 건데."

"아부하고는. 나한테 줄 서봐야 뭐 떨어지는 것도 없어."

"정말로 별일 없었던 것 맞습니까?"

나는 이도를 바라보았다. 이도는 꽁지 머리에 안경, 턱수염이 보이지 않게 늘 깔끔하게 면도했다. 짙은 청색의 공안 제복을 입고 귀 뒤쪽에는 탄야를 상징하는 형상화된 불꽃 안에 세모꼴과 검지를 겹쳐 그려 넣은 문신이 있다. 저 문신은 그 자체로 죽음이 다가오면 몸을 탄야에게 바칠 것이라는 맹세로 통했다. 다만 이도는 신실한 신자는 아니었다. 이도가 어렸을 때 그의 부모님이 세례식에 새긴 것이라고 했다.

이도와는 공안 형사로 서로 얼굴을 본 지는 오래되었지만 파트너로 일하게 된 건 그리 오래되지 않았다. 이도는 진중하지 못한 성격이었지만 사람을 대할 때 위아래를 가리지 않고 싹싹하고 살가워 인망이 있었다. 그렇다고 입이 가벼운 사람은 아니었지만, 나연에 관한 이야기는 그 누구에게도 함부로 할 수 있는 이야기가 아니었다. 이도를 믿는다고 해도, 이도를 위한다면 입을 다물고 있는 게 나았다.

"내일 뭐 하세요?"

"내일?"

"선배님 쉬잖습니까. 별일 없으시면 저도 휴가 쓰려고요."

"왜? 나랑 데이트라도 하려고?"

"안 됩니까?"

시체라도 넘는 것인지 차량이 크게 들썩였다.

나는 손사래를 쳤다.

"피곤해. 집에서 하루 쉬려고."

"흠. 알겠습니다."

이도는 쉽게 납득했다. 하지만 그게 포기했다는 의미는 아니었다.

"하긴 선배님 요즘 얼굴이 여간 창백한 게 아닙니다. 맛있는 거라도 드시고 요양하시죠. 이따 들어갈 때 정육점 들를까 하는데 어떻습니까? 제가 사겠습니다."

"내가 너보다 많이 벌거든."

내가 말하자 이도의 눈썹 끝이 한껏 내려갔다.

"…뭐, 그래도 남의 돈으로 사 먹는 고기가 좋지."

"그럼요. 어디 제 지갑 열기가 쉬운 줄 아십니까.

좋은 기회 놓치시면 안 되죠."

이도의 얼굴이 다시 웃는 상으로 돌아갔다. 이럴 때만큼은 이도도 알기 쉬운 사람처럼 보였다. 그렇다면 좋을 텐데 하고 믿고 싶어질 정도로.

차량이 메마르고 낮은 야산을 한 바퀴 돌자 산간 사이로 촌락이 나타났다. 벌거숭이산 사이에 있어서 마른 모래가 마을 북쪽에 야트막한 동산을 이룰 정도로 쌓여 있었다. 과거에 지어진 집들은 이미 모래에 잠겨 있는 듯한데, 그 아래 마을 자체는 아직 건재해 보였다. 백여 채 정도의 가구가 모여 있고 길목으로 사람들이 오가는 것이 보였다.

마을 초입에 초소로 가자 근무 중인 초병 둘이 얼쩡거리며 서 있었다. 시청에서 외곽 마을에 파견을 보내는 초병 부대였다. 차량이 다가가자 초병이 경례를 붙이며 운전석으로 고개를 들이밀었다.

"어떻게 오셨습까?"

"공안 형사다. 마을에서 일어난 살인 사건을 조사하러 왔다."

이도가 공안 수첩을 꺼내며 말하자 두 초병은 영문을 모르겠다는 듯 서로를 바라보았다.

선임 병사가 말했다.

"형사님, 제가 알기론 살인자는 잡았다고 들었습니다. 그래서 어제는 광장에서 범인도 태우고 저희 분대 애들이 고깃국도 먹고 그랬습니다."

이도가 나를 바라보았다.

"범인 잡혔다는데요, 선배님."

"그래? 그럼 돌아갈까?"

당연히 농담이었다. 초병 이야기만 듣고 돌아갈 수는 없는 일이었다.

이도가 다시 선임 병사를 바라보았다.

"누가 범인을 잡았다고 주장했지?"

"이 마을 사제님이라고 들었습니다."

"알겠다. 조사에 참고하도록 하지."

이도가 은근하게 조사 의지를 피력하자, 선임 병사도 빠르게 눈치를 챘다. 너희가 뭔데 공안 형사의 수사를 지체시키고 있냐는 것이었다. 선임 병사가 손짓하자 후임 병사가 허겁지겁 차량이 출입할 수 있도록 정문을 열었다.

내가 문득 생각나 말했다.

"이리촌에 관해 알고 있는지 물어봐."

이도가 묻기도 전에 선임 병사가 다소 삐딱한 태도로 답했다.

"그건 왜 물어보십니까?"

"알고 있는지만 물어본 거야."

"알고 있습니다."

"그럼 됐어."

정문을 지나고 나서 이도가 말했다.

"이리촌 이야긴 왜 하신 겁니까?"

"혹시 모르니까. 준비는 철저한 게 좋지."

초소를 지나자 마루에는 소일거리가 없어 제물일 만 기다리고 있을 병든 노인들이 볕을 쬐며 오순도 순 앉아 있었다. 차량은 마른 흙바닥으로 바뀐 차로를 따라 마을 안으로 들어섰다.

주차장으로 쓰고 있는 듯한 빈 공터에 차량을 세우자 한 여자가 다가왔다. 사제였다. 사제복에 걸친 개두포의 붉은색 덕에 모라교 사제라는 걸 곧장 알수 있었다. 사제는 우리가 차량에서 내리자 인사를 해왔다.

"반갑습니다, 어떻게 오셨습니까?"

이도가 공안부 수첩을 펼쳐 보여주며 말했다.

"공안부 형사6반 이도입니다. 이쪽은⋯."

사제는 내 공안 제복 어깨의 파란색 견장을 보고는 미소 지었다.

"아란교 파견 사제시군요."

"시운입니다."

"모라의 종복, 지율이라고 합니다."

나는 지율의 왼쪽 광대뼈 아래에 가로로 패인 상처를 발견했다. 주변이 다소 착색되고 상처로부터 정맥 하나가 두껍게 두드러져 보였다. 사제의 성흔이었다.

지율이 말했다.

"착오가 있었던 모양입니다."

"무슨 말씀이시죠?"

"살인 사건의 범인은 찾았고, 그 죄도 모두 치렀습니다. 이제 형사님들이 하실 일이라곤 전혀 없는 셈이죠."

내가 별달리 반응하지 않자 지율이 계속 말했다.

"사원 안쪽에 자리를 마련해뒀습니다. 괜찮으시다면⋯."

이도는 내 눈치를 슬쩍 보았다.

나는 고개를 가로저은 뒤 말했다.

"사양하겠습니다. 사건 현장으로 안내해주세요."

"하지만…."

"절차의 문제입니다. 가시죠."

지율은 당황한 눈치였다. 이도는 무안한 듯 딱히 할 말도 없으면서 괜히 큼큼 목을 가다듬었다. 나는 이후 별말 없이 지율의 뒤를 따랐다. 공안 형사가 뒷돈을 받고 사건을 적당한 선에서 무마해주는 경우는 흔한 일이었다. 아니, 흔한 것을 넘어 관습화되어 있었다.

나는 그런 관습에 호의적이지 않지만, 그렇다고 해서 지율이 특별히 무언가를 숨기고 있다고 판단하진 않았다. 이런 외곽 마을에서 살인 정도는 그리 중요한 사건이 아니었다. 법적으론 문제가 있으나, 교구 사제가 임의로 처리해도 적당히 무마할 수 있었다. 공안 형사가 들르는 것은 보통 그런 법적 절차의 문제를 해결하기 위해서였다. 어지간하면 뒷자리에서 돈이나 선물, 아니면 어떤 거래를 한 뒤에 지역이나 촌락의 지도자가 원하는 대로 사건이 처리되도록 했다. 그러니 지율은 지금까지 해왔던 것처럼, 먼

곳에서 오느라 기분이 좋지 않을 형사를 적당히 달래주고 사건을 좋게 풀어갈 목적이었을 가능성이 컸다. 하지만 사제가 주는 친절을 거부한 이상, 무언가 다른 목적을 위해서 온 것처럼 느낄 수도 있었다.

나는 지율을 위해 말했다.

"자매님, 저희는 그냥 사건을 해결하기 위해 온 겁니다."

"그런가요?"

"사건을 할당받았을 뿐입니다. 외곽에서 일어난 단순 살인 사건이니까요. 공안에선 그다지 신경 쓰지 않습니다."

지율 뒤에서 이도와 내 눈이 살짝 마주쳤다. 방금 한 말은 거짓말이었다. 공안은 이 사건을 중요하게 여겼기 때문에, 그 어떤 감응관보다도 먼 과거를 볼 수 있는 나를 배정했다. 살인은 그저께 저녁에 일어났고, 그만큼 오래전의 과거를 볼 수 있는 건 나뿐이었다. 다만 나도 중앙에서 이 사건을 왜 주의 깊게 여기는지는 알지 못했다.

마을 광장에서는 탄내가 나고 있었다.

내가 킁킁대는 걸 의식했는지 지율이 돌아보았다.

"광장에서 범인을 태웠습니다."

"처형에 기름을 쓰긴 아깝지 않나요?"

"살인 사건의 범인이면서 불신자였습니다. 본보기를 보여야 했죠. 불신자를 태우고 남은 잔불에 요리를 해서 나눠 먹었습니다. 여기 광장 가운데서 진행한지라 잔향이 남아 있을지도 모르겠네요."

"이렇게 작은 마을에도 불신자가 있었군요."

"불신자란 잡초처럼 흔한 것 아니겠어요. 뽑았다 싶으면 도로 자라나서 지력을 빼앗고 길을 숨기고 또⋯."

"하지만 작은 마을이라 다 아는 얼굴일 테니까요. 무엇을 계기로 그 사람이 불신자가 되었는지는 궁금하네요."

"그 부분은, 글쎄요⋯."

나는 지율이 말을 돌리고자 하는 걸 느꼈다. 무언가 대답하기 곤란한 구석이 있는 것 같았다.

"어떻게 범인인 걸 확인하셨죠?"

"자백을 받았습니다."

"용의자가 한 명이었나요?"

"네."

"범인이 용의선상에 오른 이유가 있나요?"

"제가 먼발치에서 얼굴을 봤었습니다."

"하지만 들어온 신고에 따르면 얼굴을 확인한 목격자가 없었다던데요."

"다소 섣부른 신고였던 거죠. 누구였는지 모르지만."

별로 좋은 신호는 아니었다. 마을 사람 중 누군가는 지율을 신뢰하지 않고 있었다.

대경기장으로 오견이 불렀을 때와는 달리 이 사건에 대해서는 간략한 정보를 들었다. 작은 촌락에서 한 종지기가 살해당했다. 그리고 범인은 도망쳤다. 이것만 봐서는 대단할 것 없는 사건이었지만 문제는 종지기가 재산이 많거나 특별히 원한을 산 인물이 아니었다는 것이었다. 당연하지만 여타이 노동을 할 수 있다면 종 치는 일을 맡지는 않았다. 확인하니 종지기는 과거에 건축공이었는데 추락 사고 후 다리를 절게 되어 비교적 젊은 나이인데도 종지기 일을 맡았다는 것 같았다. 모아둔 재산이 없으니 죽이고 빼앗을 만한 무언가가 있을 리 없었다. 원한을 샀다고 하기에도 마을에서 나고 자란지라 특별히 따돌림을 받았다고 볼 근거도 없었다. 좀 더 살펴볼 필요가 있었다.

"피해자는 종지기였다고 들었습니다. 범인은 누구였습니까?"

"명신이라는 남자입니다."

"무슨 일을 하는 사람이죠?"

"사원 관리인이었습니다."

사원을 관리하는 건 전적으로 사제의 업무다. 그러니 사원 관리인이란 것은 사제의 말을 따라 사원의 잡무를 맡는 사람을 뜻했다. 일반적으로는 사제의 잔심부름도 떠맡았다. 마을에서 사제와 가장 가까운 관계란 말이기도 했다.

"왜 죽인 거죠?"

"명신과 영오, 그러니까 종지기는 절친한 친구였습니다. 그리고 두 사람 모두 불신자였죠. 하지만 영오는 자신의 불신에 회의감이 있었습니다. 본신에 대한 믿음으로 돌아서고자 했지요. 그 모습을 본 명신은 불안해졌고, 영오가 돌아서서 자신을 고발하기 전에 입막음을 하고자 했지요. 단순한 사건입니다."

"두 사람이 불신자라는 증거는 있나요?"

내 말에 지율이 잠시 아무 말이 없었다. 불신자의 증거는 중요한 문제다. 불신자라고 해도 목숨이 아깝다면 자신은 신실한 신도라고 주장하니까. 신념이 중요하다고 하더라도 자신의 불신을 공공연하게 떠들고 다니진 않는 법이었다.

"영오에 대해서는 모릅니다. 하지만 명신에게서는 직접 자백을 들었습니다."

"자신이 불신자라고 말했다고요?"

"네."

연기라면 제법 뻔뻔한 태도였다. 아니면 연습을 아주 많이 했거나. 벌써 이틀이나 지난 일이니, 감응 능력이 있다고 하더라도 돌아볼 수 없을 거라고 생각하는 것일지도 몰랐다. 보통의 시민들과는 달리 사제들 사이에는 뜬소문 이상으로 선물에 대한 구체적인 정보들이 오갔다. 어쩌면 지율 또한 내 이름을 알고 있을지도 몰랐다. 하지만 여기에는 작은 속임수가 있었다. 공안에서는 그 어떠한 시공감응 능력자도 하루 이전의 기억을 읽을 수 없다고 말하지만, 그건 사실이 아니었다. 범죄자들이 잘못된 판단을 하도록 유도하기 위해 공안에서 뿌린 거짓 정보였다.

"이쪽입니다."

지율이 안내한 장소는 마을 중앙의 종탑이었다. 지어진 지 그리 오래되지는 않은 듯 만듦새가 형편없었다. 곧게 올라가는가 싶더니 4층 꼭대기에서 슬쩍 기울었다. 안쪽으로 들어가면 고르지 않은 계단이 난간도 없이 놓였고 그 끝에 놋쇠 종이 매달려 있었다. 4층 꼭대기에는 4면이 뚫려 있어 1층에서 놋쇠에 매달린 밧줄을 당기면 종이 흔들려 소리가 나는 구조였다. 이런 외곽 마을은 외신과 그 자식들의 위험이 있을 수 있기에 보초를 세우고 위험한 일이 일어나면 종을 울리도록 했다.

"여기라고요?"

내가 되묻자 지율이 답했다.

"네. 종탑 1층에서 종지기가 죽어 있었습니다."

"시체가 없군요. 피도 깨끗하게 씻어냈고."

이도가 말했다.

"살인이 일어나면 공안이 오기 전에 시체를 처리하거나 주변을 청소하면 안 됩니다. 있던 그대로 놔두셔야죠."

"죄송합니다. 다음 날 범인을 찾은 것도 찾은 것

이지만, 하지만 종탑 바로 아래 시체가 있으면 아무래도 종을 칠 위급한 상황일 때 걸리적거리기도 하고, 신자분들은 형사분들이 올 때까지 시체를 방치하면 시체 냄새를 맡고 외신의 자식들이 꼬일 것으로 생각해서요."

마을을 위해서라면 타당한 조치였다. 실제로 외곽 지역이라는 이유만으로 이틀이 지난 뒤에야 공안에서 형사가 내려왔으니까.

"개미 드릴까요?"

이도가 자신의 품에서 힙 플라스크를 내밀었다.

나는 내 코트 안쪽 가슴팍을 반사적으로 더듬었다.

이도가 말했다.

"차에 두고 내리시길래."

"고마워."

나는 이도에게 힙 플라스크를 건네받고서야 말했다.

"하지만 이걸 쓰진 않을 거야. 개미로 이틀 전까지 돌아가긴 힘들어."

"그럼 어떻게 하죠?"

"어떻게 하긴? 방법은 하나뿐인데."

지율은 느닷없는 개미 이야기에 우릴 가만 보며 눈을 깜빡였다. 설명해줄 의무는 없었다.

내가 말했다.

"시체는 어디 있죠?"

지율은 곤란하다는 듯 말했다.

"시체를 찾으시려고요?"

"안내하시죠."

재촉하자 지율은 별다른 반발 없이 우리를 안내했다. 지율이 우릴 데려간 곳은 마을 창고였다. 들보 자리에 돌을 놓은 게 전부인 목재 건축물이었다. 건물 내부 자체는 생각보다 컸지만 쿰쿰한 곰팡내가 나고 창고 구석 흙바닥엔 이끼도 자랐다. 플레이트 지붕에서 빛이 새어 들어오는 걸 봐서는 비도 새는 모양이었다. 그래도 창고의 기능을 하기 위해서인지 선반도 제대로 만들어서 물이 들어차도 물건이 젖진 않도록 했다. 시체를 가매장하기에 적절한 곳은 아니었지만.

"여기라고요?"

내가 반문하자 지율이 답했다.

"꼭 외신의 자식들이 아니더라도 산짐승들이 내려와 파먹기도 하거든요."

"정확한 위치가 어디죠?"

"저도 지시를 했을 뿐이라. 사람을 불러올게요. 땅을 팔 사람도 있어야 하니까."

"알겠습니다."

지율이 삐걱대는 판자와 비닐로 만든 문을 열고 창고를 나서는 걸 확인하고 나서 내가 이도에게 말했다.

"이상한 건 못 봤어?"

"제가 보기엔, 네. 선배님은요?"

나는 힙 플라스크 뚜껑을 돌려 열면서 말했다.

"이제부터 확인해야지."

감응관마다 감응의 방법도, 감응하기 위한 조건도 조금씩 달랐다. 나는 감응을 위해 살아 있던 생명으로부터의 풍부한 감각을 필요로 했다.

나는 뚜껑을 여는 것과 동시에 엄지로 뚜껑의 입구를 반쯤 막았다. 그대로 힙 플라스크를 거꾸로 세워 손바닥 위에 털어내자 개미 한 마리가 튀어나왔다. 개미는 충격에 어리둥절한지 그대로 더듬이를 흔들어가며 내 손등으로 이동했다. 나는 개미를 주시하면서 뚜껑을 닫았다.

손등을 들어 올리니 나를 바라보고 있던 이도와 눈이 마주쳤다.

"구경났어?"

"고개 돌립니까?"

"왜 굳이 질문을 하실까? 보고 싶으면 말을 하지."

이도는 무안한 표정으로 고개를 돌렸고, 나는 손등 위에 올라온 개미를 내 입술로 덮었다. 혀로 밀어 입천장에 비벼 으깨자 흙내와 신맛이 올라왔다. 감각이 포화하며 감응으로 이어졌다.

".지하 을말 면으싶 고보 ?까실하 을문질 이굳 왜"

"?까니립돌 개고"

"?어났경구"

내가 혀로 문질러 되살아난 개미가 내 손등으로 기어 나온다. 나는 내 초점을 옮겨 내 손등이 아닌 창고 밖으로 옮긴다. 개미의 존재로부터 감응한 것이기 때문에 풍경은 흐릿하고 흔들린다. 하지만 대강의 구분은 충분히 할 수 있다. 창고는 마을의 남쪽에 위치하고, 북쪽으로 올라가면 광장과 종탑이, 거기서 좀 더 올라가면 토사에 파묻히고 있는 마을이 보인다. 새로운 거주 구는 남쪽에서 지어지고 있지만 신축된 건물들은 자재가 형편없다. 돌덩이와 목재, 비닐, 아니면 과거의 집에서 재활용한 슬레이트 정도가 전부다. 도시 전체 기름 생산량이 줄어들면서 외부에서 석회를 보급받는 데 차질이 있는 것이다.

나는 각각의 건물들 내부를 들여다본다. 빛이 닿지 않는 어둠은 전혀 보이지 않고, 개미라는 존재의 미약함은 물론 벽을 통과해서 보아야 하기 때문에 빛이 닿는 부분도 그리 잘 보이진 않지만 특별한 이상을 발견할 수는 없다. 가난하고, 볼품없는 노동자들의 집이다. 여기 사는 이들이 모두 그렇다.

지율은 마을의 사원에서 다른 사람을 찾아 지시를 내리고 있었다. 소리를 들을 수는 없지만, 표정이 온화했으며 지시받는 이들도 마을 사제에게 노동자들이 흔히 그러하듯 존경하는 태도를 취하고 있었다. 나는 지율이 사원 밖으로 뒷걸음으로 나오는 것까지 확인하고 감응을 깼다. 시야가 점점 혼탁해졌으나 어차피 개미로 볼 수 있는 한계 지점이었다.

내가 개미를 바닥에 퉤 하고 뱉자 이도가 말했다.

"어떤가요, 선배님?"

"별 건 없어. 사교도라고 할 만한 증거는."

사교도라고 하면 일반적으로는 본신이 아닌 외신을 믿는 이들을 뜻했다. 그런 이들이라면 분명 집 안 어딘가에 외신에 대한 상징을 가지고 있는 법인데, 비록 확신할 정도는 아니더라도 살펴본 바 안에선 근거를 찾을 수 없었다.

"이리촌 걱정은 안 해도 된다는 거군요."

"아마도."

"나명 선배 생각이 나네요. 그때 도움 많이 받았는데."

이도가 말하는 이리촌은 과거의 사교도 사건을 말했다. 나명과 이도, 그리고 내가 엮인 큰 사건이었다.

"조직화된 범죄 단체일 가능성은요?"

"글쎄. 마을에 젊은 사람은 많이 없어. 추수 때문에 논에서 일하고 있을 테니까."

공안의 숫자는 도시 전체에 비하면 턱없이 부족했다. 도시를 제대로 통제하고 있지 못했다. 그리고 그 치안의 공란에는 사적 이익을 추구하는 범죄 단체가 자리하고 있었다. 대부분은 도시 내부에 자리하고 있지만, 사적 이익이 꼭 도시 내부에서만 발생하지는 않았다. 단순하게는 곡물을 빼돌리는 것부터 허가받지 않은 마약을 재배하거나 제조하는 경우도 흔했다. 하지만 그런 범죄를 기획한다면 창고나 빈 건물 안에 수상한 낌새가 있어야 했다. 정작 마을에서 가장 큰 창고는 함께 들어와서 눈으로 확인 중이었다.

"그럼 정말 저희가 헛걸음한 겁니까?"

"실망스럽기라도 해?"

"아뇨, 그럴 리가요."

이도는 어깨를 으쓱했다.

"그냥 평범한 살인 사건이 일어났고, 범인을 이미 잡았다면 그걸로 다행이죠."

하지만 나는 이도의 불안을 이해했다. 그 불안이 진짜인지 아닌지 알 수 없지만, 적어도 중앙에서는 구태여 나를 이 먼 외곽 마을로 보낸 것이었다. 이동 시간을 포함하면 도시에서의 사건을 세 건은 더 처리할 수 있을 텐데도.

"이제 시체만 확인하고 오늘은 일찍 들어가면 되겠다."

"그럼 이참에 저녁 식사 같이 하실까요?"

"…그래. 그 정도 시간은 날지도 모르겠네."

이도는 내가 다 들을 걸 알면서도 주먹을 쥐며 작게 "좋았어." 하고 중얼거렸다.

지율과 지율이 부른 일꾼들이 돌아와 땅을 팠다. 주먹 깊이를 파자 삽 끝에서 뭔가 걸려 나왔다. 시체는 마을마다 보급되는 사체낭에 들어 있었다. 지퍼를 열자 곧장 역한 냄새가 코를 찔렀다. 감응관은 어차피 시체를 만져야 하는 형편이라 시검 의무도 있었다. 도움을 받아 종지기의 시체를 꺼내고 머리, 구강, 팔과 등, 사타구니, 엉덩이와 다리를 차례로 확인했다. 왼쪽 옆구리의 깊은 자상 외에 별다른 특이사항은 없었다. 나는 손가락을 세워 그대로 그 상처를 비집고 열었다.

상처의 겉 부분은 말라붙은 피와 내장으로 거칠고 딱딱했다. 하지만 이미 손톱이 닿는 부위에는 습기가 엉키는 듯하고 끝까지 밀어 넣자 폐부 조직 어딘가가 찢어지는 듯 체액이 손가락을 타고 흘렀다. 그러고도 아직 공간이 있었다. 방향으로 미루어보아 칼날이 생각보다 더 길다고 판단한다면 폐부만이 아니라 심장이나 심동맥에 상처를 입혔을 가능성이 있었다. 상처가 오른쪽에 있으니 왼손잡이가 아닌 이상 등 뒤에서 찔렀다고 봐야 했다. 그건 이상했다. 종지기가 깨어서 주변을 경계하고 있었다면 등 뒤를 쉽게 내어주진 않았을 테니까. 나는 그대로 감응에 들어섰다.

먼저 습관적으로 주변을 조망한다. 사람들은 시공감응에서 기억하지 못할 일을 기억하는 것의 가치에 관해 이야기하지만, 먼 과거가 아니라 지금의 순간을 원경으로 살피는 것도 의미가 있다. 현재의 인물들이 과거에 어떻게 변해 있을지 확인하는 과정이기도 하지만 다른 진실을 찾아낼 수도 있기 때문이다. 이를테면 지율과 지율 옆으로 삽을 들고 물러난 일꾼 세 사람뿐만 아니라, 창고 문 양옆 벽에 몸을 붙이고 칼날과 총을 들고 있는 무리처럼.

난 즉시 감응을 멈추고 이도를 불렀다.

"이도. 잠깐 여기 와서 이것 좀 볼래?"

"네, 선배님."

이도가 시체 너머 내 맞은편으로 와 쪼그려 앉았다.

68

내가 속삭이듯 말했다.

"포위됐다. 사제 옆에 셋 말고도 문밖에 네 사람이 더 있어. 날붙이로 무장하고 있고, 소총을 든 사람도 하나 있어."

"위치를 알려주시면…."

"아니. 사제와 다른 사람도 총을 소지하고 있을 가능성이 커. 허술해 보여도 맨몸으로 벽을 뚫을 수는 없고 창고 출입구는 하나야. 위험 부담을 질 수는 없어."

이도는 태연하게 수첩에 무언가 적는 시늉을 하며 말했다.

"그럼 우선은 아무것도 발견하지 못했다고 하고 다시 시체를 묻을까요?"

"글쎄. 좋은 방법일까? 저쪽은 이미 생각을 굳힌 것 같은데."

"왜죠? 선배님이 감응관이라는 걸 알지도 못할 텐데요. 뭔가 숨기고 싶은 게 있어도 꼭 드러나리란 보장은 없잖아요."

"마을에서 범인을 이미 찾았으니 형사를 보내지 말라고 했는데도 중앙이 보내버렸잖아."

그 말에 이도는 아차 하는 표정을 지었다.

"놈들은 이미 중앙으로부터 의심받고 있다고 생각할 거야. 염동관이나 화염관이라도 보냈다고 생각할 수 있지."

"당장 공격하지 않는 이유는요?"

"내 선물이 뭔지 모르니까. 기습하면 선물이 무엇이든 피해 없이 죽일 수 있다고 보겠지."

"감응관이라면 기습할 거란 걸 알 거 아닙니까?"

"알면? 어차피 우물에 빠진 개구리잖아. 죽을 거라는 걸 알아도 피할 수 없다면 의미가 없지."

이도는 애써 웃음을 지어 보였다.

"그냥 죽을 수는 없죠? 어떻게 할 생각이십니까?"

"해결 방법을 찾아볼게."

이도가 고개를 끄덕였다. 나는 미끄덩거리는 시체 안으로 손가락을 더 깊게 찔러넣었다. 같은 감각으로 한 번 감응에 들어갔었기 때문에 상대적으로 감각의 역치가 올라갔다. 나는 각오를 하며 시체에다 고개 숙여 숨을 크게 들이쉬었다. 구역질이 솟구칠 만큼 역한 냄새가 비강에 타고 들었다. 다시 감응에 들어섰다.

다행히 창고를 둘러싼 상황은 바뀌지 않았다. 당장 돌입할 기세가 없다는 것이었다. 이럴 때 형사과 파견 사제라는 악명이 도움이 되었다. 무작정 시간을 되감는다고 해서 반드시 살아날 수 있는 방도가 생기는 것도 아니지만.

우선은 이도가 관찰하고 개미를 씹고 주변을 둘러봤을 때 이상한 정황이 없었던 이유를 알 필요가 있었다. 개미와 달리 벽을 넘나드는 것 정도는 또렷하다. 지율이 사원으로 들어가서 일꾼들을 불러 모으는 시점까지 돌아가자 이야기가 들려온다.

".다니됩 면하 로대 던했습연 .니이뿐 을왔 가때"

"?죠하 게떻어"

구체적인 내용을 말하지는 않지만, 마을의 일부 또는 전체가 하나의 조직으로서 기능하고 있고, 지율 사제가 그 우두머리를 겸하고 있는 듯했다. 시간이 돌아가 나와 이도가 차량을 후진해서 돌아가고, 마을의 아침이 저무는 동안은 특별하거나 이상한 말들이 오가지 않는다. 만약 외신이나 외신의 자식을 숭배하고 있다면 마을 어딘가에 제단 삼을 자리가 있을 텐데 보이지 않는다. 범죄적인 정황도 없다.

밤중에는 마을과 무관한 초병들이 자신들의 막사를 오가면서 마을의 둘레를 한 바퀴씩 돈다. 군인들이 관여하고 있지는 않을 것이다.

다음 날 새벽이 되자 마을 광장에서 불꽃이 샘솟는다. 불꽃은 점차 커지며 자신이 살라 먹었던 마른 나무들을 뱉어낸다. 모닥불이 환하게 밝아질 때가 되어서는 마을 사람들이 광장으로 돌아와 둘러앉아 있다. 대화가 없지는 않지만, 이 조곤조곤한 말들은 서로의 어제에 대한 변명이나 사소한 안부를 물을 뿐이다. 지율은 주변부에 서 있다가, 사람들 각자의 식판에 음식을 게워낼 때 함께했고, 국자로 옮겨 담아 커다란 솥에 쏟아 넣는 동안 계속 불 가까이 있었다. 솥에 들어갔던 재료들이 모두 건져 올려지고 솥 또한 빠르게 식어 임시로 쌓아 올린 아궁이에서 들어내진다. 이제 지율이 이야기했던 것과 같이, 연기와 재와 불꽃으로 사람의 형상이 빚어진다.

잿더미로부터 망치를 든 인부들이 툭툭 건져 올려 시커먼 사람의 그림자를 쌓는다. 하늘 가득하던 연기가 바람에 실려 그림자에 빨려들고, 불꽃이 스미며 그 그림자에 살을 불어넣는다. 검댕과 익은 조직들이 붉게 되살아난다. 머리칼이 모습을 되찾고 피부의 표피가 되살아나 부풀자 생기를 잃었던 눈동자에 빛이 되돌아온다. 비명과 함께 되살아난 불신자는 소리 없이 비명을 지르다 점차 목소리를 올린다. 다만 비명이 그리 오래 지속되진 않는다. 불신자의 입에는 불타 사라졌던 나무 막대가 솟구쳐 물리고 비명이 삼켜진다. 불신자의 부푼 살갗이 되돌아왔다고 생각했을 때 불꽃은 삽시간에 사라진다. 불꽃은 하나의 점에서 시작되었다.

성냥불이다. 성냥은 흰 기름에 잔뜩 젖은 불신자의 모든 불꽃의 인과를 빼앗아 허공으로 떠오른다. 부드러운 반원을 그리는 성냥은 지율의 손에 붙잡힌다. 지율은 마찰제에 성냥을 긁어 불꽃을 잠재운다. 허공에 흩어졌던 지율의 말들이 지율의 숨결과 함께 삼켜지며 목소리를 낸다.

".로대뜻 의신 비깨허 두모"

생각하지 않았던 말에 나는 현기증을 느낀다.

＊

"허깨비 신이 돌아온다는 이야기가 있어."

나명이 그렇게 말한 것은 우리가 기숙학교를 다니던 시절이었다. 기숙학교는 동구 구명동에 있었고, 기숙학교는 구명동의 동남쪽 끄트머리에 위치해 있었다. 정확히는 구명동의 너머였다. 당시 구명동은 자원 부족으로 동쪽부터 전기 설비 지원을 끊고 있었고 시청은 구명동이 우범지역으로 전락하기 전에 사람들을 이전시키는 와중이었다. 기숙학교는 마지막까지 전선과 전화선이 연결된 지역으로, 주변 건물들은 폐허 건물로 취급되었다. 이런 상황이다 보니 시청의 관심도 떨어져 교관들 또한 학생들 관리가 느슨했다. 나명과 나를 비롯한 아이들은 당직을 제외한 교관들이 도시 중심부로 돌아가는 일요일이면 기숙학교 개구멍으로 빠져나가곤 했다. 기숙학교를 빠져나와도 특별히 갈 곳이 있는 것은 아니었다. 정비된 길을 따라가면 도시가 나올 뿐이고, 그렇지 않으면 동쪽으로는 폐허뿐이었다. 과거에는 도시의 일부였으나 관리되지 않은 옛 건물로 가득한 곳으로 나명이 이야기를 꺼낸 날은 다른 아이들과 함께 유난히 먼 곳까지 왔을 때였다.

폐허에서는 이따금 괜찮은 물건을 주울 때가 있

었는데, 적게는 예닐곱 명 많게는 열댓 명씩 빠져나와서는 두세 명씩 조를 나눠 폐허를 탐색하는 것이 우리의 유일한 오락이었다. 그날은 나와 나명, 그리고 류정이 함께 있었다. 우리는 각자 서로 다른 크기의 거울을 가슴에 안고 다녔다. 종이와 기름은 값비싸고, 손전등은 면허가 있는 사람만 가질 수 있었다. 하지만 태양 빛은 공짜였다. 우리는 태양 빛을 반사시켜 폐허의 그늘을 비추며 혹시나 다른 사람들이 찾지 못한 물건이 있는지 찾아다녔다.

류정이 되물었다.

"허깨비 신? 그게 뭔데? 시운, 넌 알아?"

나명은 내가 가로저을 때까지 기다렸다가 말했다.

"옛날 사람들은 허깨비 신을 믿었다고 해."

나명이 설명했다.

"보이지도 않고 만져지지도 않는 신을 존재한다고 생각했다는 거야. 그리고 단순히 그런 게 존재했다고만 믿은 게 아니라, 그런 존재가 자신이 하지 못하는 일을 할 수 있게 해달라고 빌기도 했다더라고."

"옛날 사람들은 멍청했나?"

류정은 그렇게 말하며 폐허를 둘러보았다. 폐허의

건물들은 200년은 족히 넘은 건물들인데도 지금의 도시의 새롭게 지어지는 건물들보다도 높았다. 그런 건물들은 전기를 너무 많이 소모하는 데다, 현재의 기술로 유지보수도 불가능했다. 그리고 동쪽으로 갈수록 지대가 낮아져 침수되는 지역이 많았다. 도시의 사람들은 폐허를 방치했고 세월이 오래 지났다. 폐허의 건물들은 시간의 흐름에 따라 하나둘 무너지고 있었고, 지금도 이따금 동쪽에서 굉음이 들려오곤 했다.

나명이 특별히 대꾸하지 않자 류정이 계속 말했다.

"그렇지 않아, 시운?"

"난 모르겠어."

"그렇게 말하면 곤란하지. 우린 사제 후보잖아."

"사제 후보는 아무것도 아니잖아?"

교단에서 사제는 높은 지위를 가지지만 사제 후보는 잠재력을 가진 사람을 기숙학교 내에서 선별했을 뿐이었다. 사제 후보 중 대다수는 실제로 교단의 시험을 거치고 대부분 떨어졌다. 극히 일부만이 시험을 통과해 신의 선물을 받았다. 기숙학교에서는 신실함이 크면 잠재력 또한 커진다고 말했지만, 여러 번 시험 참관을 한 결과 신실하다 생각된 사람들도 시험에 떨어지는 것을 몇 번이고 보았다. 류정은 내 대답이 마음에 들지 않았는지 저 혼자 중얼거렸다.

"정말로 존재하는 신들을 믿어야지. 땅을 휘젓는 모라, 불을 껴안는 탄야, 아니면 별을 삼키는 아란처럼. 본신들은 선물을 주고, 죽음 이후에도 영원을 약속하잖아. 허깨비 신들은 뭘 줬지?"

"아무것도."

"정말?"

"사람에게 영혼이란 게 있어서, 죽은 뒤에는 천국에 갈 수 있었다고 해. 하지만 그건 한 번도 증명된 적 없었지."

"그럼 옛날 사람들은 뭘 믿은 거야?"

그 질문에 내가 문득 떠오른 답을 말했다.

"그냥 그렇게 되길 바란 거지. 그 바람을 신이라고 부른 거고."

"하긴, 옛날엔 진짜 신들이 없었으니까."

신들은 220년 전에 나타났다고 알려졌다. 본신들은 쇠락하는 세상에서 인간을 구하기 위해 나타났고, 인간은 본신들 덕분에 남은 목숨을 구할 수 있었다. 기숙학교의 역사 선생은 우리에게 그렇게 가르쳤다.

류정이 질문했다.

"그런데 나명 너는 그 이야기 어디서 들었어?"

"뜬소문이야. 어디 가서 이야기하진 마. 우리니까 그냥 듣고 넘어가는 거지."

도시의 세 본신을 제외한 신에 대해서 이야기하는 것은 불경죄에 해당했다. 학생이니만큼 매를 꽤 맞는 걸로 넘어갈지도 모르지만, 운이 나쁘면 사교도로 몰릴 수 있었다. 하지만 폐허에 있었다는 것만으로도 금지에 관한 법률을 위반한 셈이었다. 우리와 함께 폐허로 나온 이상 류정은 주의를 줄 계제가 되지 못했다.

나명이 말했다.

"하지만 이상하지 않아? 사람이 살아가는 데 꼭 신이 있어야 할 이유는 없잖아."

"무슨 말이야? 본신들께서 안 계시면 누가 도시로 들어오는 외신을 막을 거야?"

"다르게 생각해볼 수 있지 않을까?"

나명은 안고 있던 거울을 비스듬히 기울여 2층

빌딩을 비추었다. 이끼가 무성하게 자고 그 위로 덩굴까지 꼬여 부숭부숭하게 보이는 빌딩의 2층 창문 안쪽은 과거에 화재가 있었는지 검기만 했다.

"외신을 막지 못한 결과가 본신들일지도 모르잖아?"

"뭐?"

"본신들은 굶지 않아. 가만히 있어도 인간들이 알아서 제물을 바치잖아. 그 모든 게 본신들이 인간에게 선물을 주고, 외신들로부터 인간을 지켜주기 때문이라고 말하지만, 사실 본신들이 없더라도 인간은 매달 그 정도 숫자 정도는 죽지 않을까? 어쩌면 덜 죽을지도 모르고."

류정은 침묵했다가 몇 걸음은 더 걸어가고 나서야 나명에게 말했다.

"네가 사제 후보가 아니라서 다행이야."

"왜?"

"사제 후보들은 분기마다 이단심문관들이 교리 검증을 하니까. 그런 질문을 무심코 던지면 곧장 개종을 당할걸."

나명은 재미있는 농담이라도 들은 것처럼 웃었

다. 류정은 그저 보이는 대로 보고 넘어가려는 것 같았지만 내가 듣기엔 나명은 비웃은 것 같았다.

내가 말했다.

"그래서 사람들이 허깨비 신을 믿은 걸까?"

"무슨 말이야?"

"허깨비 신은 아무것도 주지 않지만, 아무것도 받아가지도 않을 거 아냐?"

"그런 허깨비 신이 돌아오면 뭐가 바뀌는데?"

사람들이 다시 허깨비 신을 믿기 시작한다는 말은 모든 신들, 그러니 도시 밖의 외신은 물론이고 도시를 지배하는 본신들 모두 사라져야 한다는 의미였다. 그러니 허깨비 신이 돌아온다는 건 어떤 방법으로든 신이 없는 세계가 될 것이란 말이었다. 그 무엇도 사람을 해치지 않고, 사람에게 요구하지 않는다…. 하지만 나는 내 생각을 쉽게 풀어서 설명하기 번거롭다는 생각이 들었다. 류정은 논리적으로 말하지 않았고 자신의 생각이 틀렸어도 쉽게 포기하지 않아 대화하기 좋은 상대가 아니었다. 그래서 간단히 이렇게만 말했다.

"모든 게 바뀌겠지."

나명이 나를 돌아보았다. 나는 나명의 얼굴이 깜짝 놀란 것 같다고 생각했지만, 다음 순간 나명이 든 거울이 햇빛을 내 얼굴에 반사하는 바람에 빛으로 가득해졌다. 내가 말없이 고개를 돌리며 인상을 잔뜩 찌푸리자 나명이 몸을 틀면서 사과했고, 나는 손을 내저었다.

류정은 황당하다는 듯 웃으며 우리 둘을 바라보았다.

"너희 뭐하니?"

이어 나명이 웃음을 터트렸고, 나도 따라 웃었다. 구름이 없어 폐허 아래로 쏟아지는 햇볕이 유난히 거셌다.

✳

다행히 감응을 꺼트리진 않았다. 같은 감각을 반복해서 받아들이면 감응의 심도도 떨어진다. 지율은 아직 살아 있는, 묶인 사람 앞에서 강론을 되삼킨다. 허깨비 신이 예언에 따라 돌아오리라 말하고, 신도들은 연신 고개를 끄덕이거나 말없이 두 손 모아 기도한다. 정말로 있는지 어떤지 증명된 적도,

증명할 수도 없는 존재인 허깨비 신에게. 어디에도 닿지 않았을 그 바람은 다시금 이 배교자이자 사교도들의 마음속으로 스민다. 한편으로는 다행이라는 생각이 들었다.

나명과 함께 도시 안에서 허깨비 신을 미끼로 조직을 꾸렸던 경험이 있었던 덕분에 진짜 신도는 아닐지언정 허깨비 신의 사도인 척했던 나명의 흉내를 많이 보긴 했었으니까. 장작더미에 묶인 명신은 재갈 사이로 괴성을 뱉으며 거친 흙바닥 위를 미끄러지듯 끌려 나가고, 해가 서쪽에서 떠오를 무렵에는 광장이 깨끗하게 정돈된다. 지율은 자신의 사원에서 명신을 붙잡아오라는 명령을 후회하듯 되먹는다.

나는 붙잡히기 이전의 명신을 추적했다. 명신은 몸을 낮추고 느린 걸음으로 마을 외곽으로 빠져나가고 있다. 명신이 갔던 곳이 어디인지는 금방 알아차렸다. 사원에 전화기가 있지만 지율의 허락을 맡아야 한다. 들키지 않고 전화 신고를 하기 위해 초병 부대까지 찾아간 것이다. 고작해야 수십 미터 거리긴 하지만 명신은 누군가 자신을 보고 있지는 않은지 경계를 게을리하지 않는다. 막사로 시선을 옮긴

다. 전화기는 막사 옆 크지 않은 행정실 내부에 놓여
있다. 하지만 행정실을 지키고 있는 사람은 없다. 막
사 내부로 들어서니 군인들이 화투패를 쥐고 섰다를
치는 모습이 보인다. 기강이 해이한 것은 어쩔 수 없
다. 다시 행정실을 들여다보니 명신이 공안국에 전
화를 걸어 살인을 신고하고 있다. 이 신고 때문에 명
신이 죽은 걸까? 군인들은 명신이 조곤조곤 작은 목
소리로 하는 통화를 듣지 못한다. 명신이 다소 흥분
한 호흡으로 수화기를 놓고 행정반을 나선다. 나는
마을로 돌아간다. 그리고 마을 사람 중 하나가 의심
스러운 눈으로 명신의 등을 지켜보고 있음을 알아차
렸다.

동틀녘 아침 해가 저물 때가 되자 시야가 인식될
정도로 탁해진다. 한계가 다가오고는 있지만 경험상
수 시간 정도는 돌아볼 수 있을 터다. 창고를 바라보
니 얕게 파묻힌 시체가 들어내어지고 있다. 흙이 삽
위로 매끄럽게 이동하면, 구덩이를 위해 파낸 흙더미
위에 삽을 박아넣으며 쌓는다. 지율의 옆에서 이미
얼굴을 익힌 인부 중 하나가 확인된다. 좋은 징조다.
이들 중 군인은 없으니 군인들은 확실히 마을의 사

건과 무관한 것으로 보인다. 나쁜 징조기도 하다. 내가 얼굴을 확인한 인부들 외에도 지율의 명령을 듣는 사람이 있다면, 사실상 마을 전체가 사교도라는 말이기도 하다. 나는 불이 켜져 있는 사원으로 시선을 옮겼다. 깨어 있는 마을 사람 몇몇과 지율이 심각한 표정으로 이야기한다.

"．다니겁 할 야뤄치 을값췻 는때그 ,면하 을동행될 가해 에을마 고않 지렇그 만지하 ．니시하대관 는서께신 비깨허 ．죠주 을간시 할개회 가그"

"?요까을않 지하 야아잡붙"

"．다니입문때 기있 고하심의 을물선 제"

"．데텐 날 통들 이실진 면보 해통 을눈 의님제사 ? 죠않 지하백고 를죄 왜"

"．다니입인범 가자저"

명신이 굳은 얼굴을 하고 회의실로 뒷걸음으로 들어와 빈자리에 앉는다.

"．다니습겠알"

"．다니겁 을있 수 을찾 을인범 에전 기드 에천중 가해 면하담면 을들람사 을마 까니습않 지이간시 든잠 가두모"

명신은 의심 어린 눈초리를 지율에게서 거두지 않는다.

".죠시내아찾 을인범 서어 로으힘 그 럼그 .다니습좋…"

".요라달 과들제사 른다 .다니입것 의신 비깨허 은힘 제"

".요아잖지가찬마 도신당"

".다니습있 고리빌 을힘 의신본 은들제사"

"?요왜"

".다니겁 낼아찾 로으만힘 희저 .요에거 을않 는지 하 를고신"

지율은 가로저는다. 명신은 회의실 창가 앞, 지율의 탁자 위 전화기를 가리킨다.

".요해 야해고신 에안공 .다니합 야내아찾 을인범"

사건의 내막은 대강 파악이 되었다. 하지만 진실을 파악하기 위해서는 더 돌아가야만 했다. 창고로 시선을 돌렸다. 파내어진 시체는 들것에 옮겨져 종탑 아래에 피 웅덩이 위로 옮겨진다. 사교도들은 시체낭을 벗기고, 시체를 꼼꼼하게 본래의 모습으로 돌려둔다. 피들이 제 주인을 찾아 몸으로 빨려 들어가고,

그사이 다른 사교도들은 무대 위에서 퇴장한다. 시체가 잊히는 사소한 소란 뒤에 초새벽 즈음하여 주인공이 등장한다. 두건을 뒤집어쓰고 있지만 그것만으로 감응으로부터 숨을 수는 없다. 두건의 아래에서 올려다보자 지율의 얼굴이 보였다.

지율은 종탑의 모서리를 돌아서며 품에서 피 묻은 단도를 꺼내고, 단도는 땅에 떨어진 피를 주워 먹는다. 솟구친 핏방울들이 단도의 칼날에 감긴다. 지율이 다가가자 종지기 영오가 다릿심만으로 몸을 일으킨다. 지율은 등 뒤에서 영오를 끌어안고, 내가 손가락을 쑤셔 넣었던 바로 그 자리로 단도를 꽂아 넣는다. 영오가 무언가 깨달은 듯 헛숨을 들이킨다.

".지했 고라치닥"

지율이 단도를 뽑자, 살들이 메워진다. 일그러졌던 영오의 얼굴이 평온을 찾는다. 지율은 살금살금 두 걸음 물러난다. 그리고 단도를 품속에 숨긴다.

"…니이것 는오나 터부로으신본 은력권 그 진가 이신당 .다니겁 할 야와려내 로으곁 리우 고두만그 은음놀 도사 양인재존 은받택선 .네 ,면라도사 의신 비깨허 로말정 이신당"

영오는 지율에게 뒤돌아선다. 지율은 분개한 표
정으로 영오를 바라보고 있다. 영오는 지율이 저 얼
굴을 보고 포기했다고 생각했을 것이다. 하지만 그
렇지 않았다. 이제 되먹는 말들이 지율에게 진정으
로 치명적으로 느껴졌으리라.

"．요도지까껏 는다왔겨쫓 로으곽외 이 에문때 기
였이쟁풍허 이신당 ．다니겁 할말 두모 ．도것 던었들
를기야이 던했 고다없 에밖도정 것 는보 를기열 저그
은물선 의신당 나만 를나하 꿈름부심 의신당 거과
서에서도 ,해작시 터부것 던했못 지히밝 을실진 내
이신당 면다는않 지히밝 을실진 로스스 이신당 난
．뇨아"

"．요쳐닥"

"?까니겁 한 고다있 수 볼 을실진 해통 을혼성
그 왜 ?죠거 인속 을들람사 고라도사 의신 비깨허
이신당 왜 ?까니겁 한 을말짓거 왜"

영오는 잠시 입을 다물었다가 다시 말을 삼킨다.

"．다니입말 은싶 고하 가제 건그 ?요고냐왜"

"⋯왜 데런그"

"．다니습렸버 은음믿 한대 에신본 날그 한 로기되

가도신 의신 비깨허 라따 을신당 .뇨아"

"?까니입자종추 의신본 은신당 오영 .죠묻 만나하"

".님제사 율지 ,요군왔 리빨 다보각생"

이야기의 아귀가 맞아떨어졌다. 지율이 허깨비 신
의 사도 행세를 하며 마을 사람들을 어떤 방법으로
속였으며, 그러한 사실을 영오에게 들키자 입막음을
위해 살해했다. 그리고 영오의 죽음을 수상하게 생
각한 명신이 지율의 말을 믿지 않고 공안에 신고를
넣은 것을 알게 되어 명신 또한 범인으로 몰아 죽였
다. 평시라면 이것을 알게 되는 것으로 간단히 사건
이 종결될 것이다. 하지만 나와 이도는 지율이 파놓
은 함정에 제 발로 걸어들어와 있는 상황이었다. 그
리고 이건 또 다른 위기를 야기했다.

나는 나명과 함께 허깨비 신을 중심으로 하는 사
교 단체를 만들었었다. 그러므로 허깨비 신의 사도인
척하는 것은 어렵지 않았다. 하지만 이도는 그렇지
않았다. 내가 완벽하게 속여 넘기기 위해서는 이도를
이들에게 넘겨야 할 것이었다. 공안 형사가 현장에서
사망하는 경우는 흔한 일이긴 하지만 나의 경우는
달랐다. 나연이 나를 찾고 있다는 사실 때문이었다.

나연은 나와 함께 비밀스러운 허깨비 신의 신도 행세를 했었다. 나는 나명이 죽은 뒤 나연이 그런 일에서 손을 뗐다고 생각했지만, 오늘 대경기장에서 나연을 본 것을 보면 그렇지 않은 것 같았다. 공안은 여전히 나를 의심하고 있는 걸까? 내가 나명을 직접 제단으로 인도했음에도? 그럴지도 몰랐다. 그래서 다시 한번 결백을 확인하기 위해 파트너와 함께 이 마을로 보낸 것이라고 해도 이상하지 않았다. 이 마을이 사교도 마을인 것을 진작에 파악하고서 내가 이도를 넘기는지 아닌지 확인을 하려는 것이었다. 만약 그렇다면 나는 이 사교도들에게 죽거나, 이도를 넘기고 개종당하거나 두 가지 최후밖에 남지 않았다.

물론 내키지 않지만 세 번째 방법도 있었다. 나는 영오의 시체를 향해 고개를 숙이며 그 입술을 깨물었다. 다시 한번 감응에 들어갔다.

"…선배님?"

나는 깊은 감응을 빠져나와 어지러움을 느꼈다. 휘청거리며 일어나자 이도가 내 팔꿈치를 잡으며 부축했다. 나는 혀끝을 이로 긁고선 침을 뱉었다. 저녁을 먹을 생각은 나지 않을 것 같았다.

"괜찮으십니까?"

나는 이도가 헷갈리지 않도록 지율에게 돌아서기 전에 이도에게 한쪽 눈을 깜빡였다. 이도는 이해를 한 것인지 아닌지 한쪽 눈썹을 씰룩거린 게 전부였다. 하지만 달리 설명할 틈은 없었다. 나는 지율을 향해 말했다.

"…이제 모든 것을 알았다."

"무슨 말씀이시지요?"

나는 팔을 뻗어 지율을 검지로 가리켰다.

그리고 창고 밖까지 들릴 큰 소리로 외쳤다.

"살인자는 너구나."

"…네?"

"지율, 너는 너의 성흔으로 진실을 본다고 다른 이들에게 속여왔다. 그리고 영오에게 그 사실이 들켰지. 이도."

내가 부르자 이도가 돌아봤다.

"지율의 진짜 선물이 뭐지?"

"아, 네. 지율 사제가 본신에게 받은 선물은 온도를 보는 것입니다."

지율 사제의 입술이 비죽 올라갔다.

"그렇다. 겨우 그거지. 인간은 거짓말을 하면 눈동자가 흔들리고 땀이 나고 심장이 뛰고 체온이 오른다. 눈썰미가 좋다면 유추할 수 있고, 온도를 볼 줄 안다면 더 명확하지. 그래서 저 사제는 진실을 보는 눈인 척, 마을 주민들을 속여왔다."

"무슨, 무슨 말을 하는 겁니까?"

지율이 그렇게 외치긴 했지만 지율 옆의 마을 사람들은 지율을 힐끗힐끗 바라보고 있었다. 지율이 당혹감을 숨기지 못하고 있는 건 사실이었지만 그래도 통제권을 잃어버린 건 아니었고, 그 사실 역시 잘 알고 있었다.

나는 더 몰아붙였다.

"영오는 네가 허깨비 신의 사도인 척하는 것을 그만두라고 말했다. 너는 받아들일 수 없었지. 그래서 영오를 종탑 앞에서 찔러 죽였다."

"뭐라고요?"

"그리고 영오의 친구인 명신이 너를 의심하며 공안에 신고하자, 너는 명신을 범인으로 몰아 산채로 불태웠지. 그렇지 않은가?"

"그, 그럴 리가요."

지율은 자신을 둘러싼 마을 사람들의 시선이 달라진 것을 느끼는 듯했다. 정신차리고 보니 나와 이도를 죽이라는 명령을 내리기엔 다소 늦었겠지. 만회해야 한다고 생각할 것이다.

　지율의 왼쪽 눈 아래 상처가 서서히 벌어졌다. 그리고 그 상처 아래에서 세 번째 눈이 뜨였다. 붉고 탁한 흰자위 위에 올라간 싯누런 눈동자. 지율이 세 번째 눈동자로 나를 바라보았다.

　"나는 이미 그대가 거짓을 고하고 있음을 알아차렸습니다."

　"거짓이 아니다."

　"거짓입니다. 당신의 선물이 감응이라고 주장할 셈입니까? 아뇨. 당신의 능력은 그런 게 아닐 겁니다. 변방의 작은 마을로 오는 파견 사제 따위, 그런 귀한 선물일 리가 없죠. 어떻게 우리가 허깨비 신을 따른다는 사실은 알아차린 듯하지만, 그게 전부입니다."

　이쯤 하여 지율은 말을 하면서 내 선물이 감응이라고 확신했을 것이다. 덕분인지 흥분을 다소 가라앉힌 모습이었다. 명령만 내리면, 아니 아침에 준비해둔 자신의 권총을 꺼내 쏘기만 하면 내 입을 다물게 할 수 있을 테니까. 그러니 언변을 통해 자신의 명예를 회복시키려고 뜸을 들였다.

하지만 이 작은 연극은 아직 막을 내릴 때가 아니었다.

"명신은 범인이 아니었을뿐더러, 범인이라 하더라도 불로 태우지 말았어야지. 허깨비 신을 믿는 이들은 본신을 믿는 이들과는 다를 길로 가야 한다고 하지 않던가? 너는 다급한 나머지 허깨비 신이 아닌 본신의 방법을 택할 수밖에 없었구나."

"당신이 허깨비 신에 대해 뭘 안다고…."

"내가 그토록 '사람의 목숨을 귀하게 여기라'고 말했거늘."

그 말에 마을 사람 중 하나가 무심코 들고 있던 곡괭이를 손에서 떨구었다. 지율을 제외한 다른 두 사람도 나를 의심스러우나 어떻게 해야 증명할 수 있을지 고민하는 눈으로 바라보고 있었다. 허깨비 신의 사도는 진실을 볼 것이라는 옛 예언에, 고아하고 예스러운 태도로 마음의 흔들림을 숨기고, 허깨비 신을 따르는 이들의 변변찮은 경구를 더하면, 잠깐이지만 사람에게서 거짓된 경외감을 느낄 것이었다.

"뭘 구경하고 있는 겁니까? 어서 저들을 죽이세요!"

지율이 외쳤지만 마을 사람들의 움직임은 굼떴다. 마지못한 듯 가장 앞에 선 이가 삽을 두 손으로 들고 다가왔다. 지율이 총을 뽑지 않고 밖에 있는 이들도 돌입하지 않았으니 급한 건 아니었다. 이도가 총에 손을 가져가는 걸 보고 나는 제지했다. 그리고 삽을 든 이를 가리키며, 앞으로 걸어갔다.

"진고, 너는 허깨비 신이 돌아오면 네가 사랑했던 딸과 부인을 다시 안을 수 있으리라 믿고 있지."

진고의 눈이 크게 뜨이며 멈춰 섰다. 나는 다른 두 사람을 차례대로 가리켰다. 그러면서도 전진은 멈추지 않았다.

"도현, 너는 등을 뒤덮은 붉은 피부병이 주는 고통에서 벗어나리라 믿고. 성라, 너는 불구인 아들의 팔이 새로이 돋을 것을 의심하지 않는다. 하지만 저 거짓된 허깨비 신의 사도 아래에서는 있을 수 없는 일이다."

내가 가리킨 세 사람은 내가 코앞에 다가가도 꿈쩍도 하지 않았다. 이도가 잰걸음으로 내 뒤를 따랐다.

"그리고 지율, 너는⋯."

"닥쳐! 이 사기꾼아!"

지율이 거친 동작으로 권총을 뽑아내려 했다. 하지만 그럴 생각이었다면 미리 뽑았어야 했다. 이도가 재빠르게 지율을 향해 총을 쏘았고, 지율은 총을 꺼내다 말고 빠르게 엎드렸다. 총소리에 다른 이들도 바짝 몸을 숙였다. 나도 총을 꺼내고, 창고의 문 옆을 향해 네 발을 연사했다. 그리고 곧장 문 쪽으로 달려가 박차고 나갔다. 이도가 바로 따라붙었다. 이도는 흘끗 창고 옆에 나란히 쓰러진 마을 사람들을 보고 말했다.

"저기 소총이⋯."

"안 돼."

나는 그렇게 말하며 이도의 뒷덜미를 누르면서 맞은 편의 작은 돌담 뒤로 숨었다. 멀리서 총성 한 발이 쏘아져 이도가 있던 자리의 담장을 때렸다. 종탑 방향이었다. 창고 안과 외부에 있는 사람이 전부가 아니었다.

"신호탄은?"

"지금 쏩니다."

이도는 뽑아 든 신호탄 발사기를 하늘로 쏘았다. 붉은 빛줄기가 솟아오르며 그 끝에서 사라지지 않고 그대로 허공에 맴돌았다. 그 뒤는 예상을 벗어나지 않는 일들이 일어났다.

이리촌 사건 이후로 도시 밖의 모든 마을은 자경단을 꾸리는 것이 아니라 초병 부대가 순회하는 형식으로 바뀌었다. 사교도를 숭상하는 마을 자경단은 곧 도시를 위협하는 군대가 될 수 있다는 걸 깨달았기 때문이었다. 그리고 마을에 들어가는 공안원들은 신호탄과 신호탄 발사기를 지급받았다. 이 신호탄이 쏘아지면, 마을을 지키는 초병들은 그 반대의 임무를 맡게 되었다.

초병 부대의 경미한 부상자가 있긴 했으나 마을은 완전히 소탕되었다. 지율은 마을 사람 몇몇과 함께 마을 밖으로 도망치던 도중 사살되었고, 사원 내부의 서가에선 금서들이 발견되었다. 경전이라고는 할 수 없는 옛사람들의 오래된 수기들이었다. 금서들은 그 자리에서 불태워졌다.

해가 진 뒤에야 초병 부대의 부대장이 돌아왔기에 인수인계할 수 있었다.

초췌한 얼굴의 이도가 말했다.

"아무튼 놀랐습니다. 그런 재능이 있으실 줄은요. 정말로 허깨비 신의 사도라도 되신 줄 알았다니까요."

"나도 보고 배운 거야."

"보고 배우다뇨?"

"됐어."

내가 시선을 돌리자 이도도 멋쩍은 듯 웃었다.

"흠, 시간을 봐선 저녁 먹긴 글렀군요."

"…고기 사준다며? 가자."

"정말입니까? 밥맛 없으신 줄 알았는데."

"그러게. 나도 그럴 줄 알았는데 온종일 고생해서 그런지 허기지네."

"좋습니다. 그럼 제가 좋은 곳으로 모시죠."

이도가 괜스럽게 콧노래를 흥얼거리며 자동차를 몰았다.

어딘가 숨어 있던 생존자를 뒤늦게 찾은 듯, 마을 쪽에서 총소리가 아득하게 울려왔다.

★

　문제가 발생했다는 사실을 알아차리지 못할 수도 있었다. 문제 자체를 미리 방지할 수 있었다면 좋았겠지만, 나와 나명이 그럴 수 있었을 거란 생각은 들지 않았다. 일을 시작하면서부터 언제든지 일어날 수 있는 일이었으며, 나와 나명 모두 그 가능성을 충분히 인지하고 있었다. 그럼에도 그 일이 일어나기 전까지 나는 낭만적인 감상에 젖어서 그런 일은 먼 훗날에서야 일어날 것이고, 어쩌면 그런 일이 일어나지 않을 수도 있으며, 허황된 이야기를 기술한 금서들로부터 하여금 모두가 행복해질 수 있으리라 믿기도 하였다. 하지만 문제는 일어나고야 말았다.

　문제는 모임에서 시작되었다. 모임은 한 달에 한 번, 열댓 명 정도의 사람이 비정기적으로 참석했다. 모임은 점조직으로 한 사람이 직접적으로 이름과 지위를 아는 건 세 사람 정도가 한계로, 전달 사항이 있는 경우 안전한 장소에서 대면으로만 전하게 되어 있었다. 그런 모임이 네 개가 있었고 나명은 일주일에 한 번씩 그 모임에 얼굴을 비춰 허깨비 신의 사도를 자청하며 허깨비 신의 말씀이란 것을 사람들에게 전했다. 나명은 이 사업을 확장할 수도 있다고 생각했다.

"나보고 너처럼 강론을 하라는 건 아니지?"

"굳이 말하자면 강론은 사제인 네 업무에 더 가깝잖아? 못할 거 없지."

모임 하나가 끝난 직후 자리를 옮긴 다른 모임이었다. 나는 나명과의 약속 때문에 드물게 모임에 참석했고, 거의 처음으로 나명의 강론을 들었다. 사업을 시작했다고 하더라도 처음 약속했었던 때와 같이 나는 나명에게 교단의 정보를 전달하거나, 형사 파트너로 함께 일할 때를 제외하면 사업에 연관되는 일이 없었다. 나명이 모임에서 다른 사교도들에게 하는 강론을 듣겠다고 한 건 충동적인 선택이었다.

의도가 없지는 않았다. 나명을 놀려주겠다는 의도가 다분했으니까. 나는 물론이거니와 나명 스스로도 허깨비 신의 존재를 믿지 않는다고 여겼다. 그러니 나명의 강론은 내게 비웃음만을 살 것임이 틀림없다고 생각되었다. 그날은 유난히 그러고 싶다는 생각이 들었다. 나명이 사업에 집중하느라 피곤했고 나와 시간을 보내는 일이 줄어들었기 때문에. 나는 나명과의 관계를 환기할 필요성을 느꼈다. 하지만 강론할 때의 나명은 내가 알거나 예상했던 모습과는 매우 달랐다.

"내 선물 때문에 교구 사제를 할 일은 없었겠지만, 했더라도 교단에 남아서 고위 사제들 뒷바라지를 해주지 강론을 하진 않았을걸."

"하지만 남들보다야 낫지 않겠어?"

"남들보다야 낫겠지. 하지만 나명 너보다 낫진 않을걸."

나명은 존재하지 않는 신에 대해서 말했다. 나명은 그 신을 증명할 방법은 단 하나도 없음에도 이 모든 것들, 그러니까 끊임없이 산 제물을 요구하는 교단과 서로를 의심하고 고발하길 바라는 공안, 서로에게 서로가 끔찍한 존재이게끔 하는 도시의 체계 그 자체와 우리가 이 시간과 이 장소에 태어난 불운까지도 신에 대한 믿음을 시험하는 것이라고 말했다. 언제 올 것인지도, 그리고 어떻게 올 것인지도, 그리고 어떤 모습으로 올 것인지도 불명확한 그 허깨비를 오랜 금서에 쓰인 글귀와 아직까지도 통용되는 옛 경구, 우리가 우리를 끝내 사람이게끔 하는 신의와 평온의 말로 모두가 마음 다해 받들고 기나긴 기다림을 마땅히 감내할 모습으로 다듬어갔다. 심지어 그 말들이 때로는 모순이 있음에도 사람들은 그것을 자연히 역설로 받아들였고, 강론이 이어지는 동안은 잠깐의 정적조차도 비의가 깃들어 있음을 사람들은 자각했다. 나명이 지어낸 것을 다 허물고 보면 머나먼 과거부터 이어져 온 허깨비 신을 믿는 사교도 사이에 통용되는 경구는 얼마 없었다. 허깨비 신은 모든 것을 보고 계신다. 허깨비 신은 모든 아픔을 느끼고 계신다. 그러니 허깨비 신은 비상하리라. 허깨비 신은 모든 선한 이와 함께 하시리라. 이 허황된 구문들로부터 나명은 사람들의 믿음과 신념, 긍지, 봉사를 끄집어냈다.

나명이 웃었다.

"내 생각에 나보다 시운 네가 더 잘할 거야."

"글쎄."

나는 나명의 강론에서 아직 벗어나지 못했고, 이대로라면 나명의 말을 따를 것만 같았기에 대화의 주제를 바꿔야 했다.

"그러고 보니 오늘 참석 인원이 모자라지 않았나?"

"일이 있다고 연락이 왔어. 창고에서 일하는 2차 노동자야."

"오늘은 주말이잖아?"

"누군가는 창고를 돌봐야 하지 않겠어? 창고 위치까지 확인했어. 일하는 날이 맞아."

맞는 말이지만 어딘가 켕겼다.

"또 다른 사람이 모임에 빠진 적은?"

"그렇게 걱정할 건 아냐. 원래 이런 종류의 모임은 매달 참석할 수는 없어."

"나도 알아. 그래서 누가 빠졌는데?"

"노면전차 기관사가 있어. 모임 시간과 겹쳤지. 그 사람의 노면전차 시간표를 확인했어."

"그 사람은 오늘은 나왔어?"

"네 옆에 있었어."

"창고에서 일하는 사람이랑 기관사는 서로 아는 사이야?"

그제야 나명은 의심하는 눈초리가 되었다.

"알아. 서로 친인척이야. 가까운 사람이 강제로 모라교로 끌려가 생매장된 이후로 둘 다 사교에 관심을 가졌었다고 들었어."

내가 말했다.

"우연일 수 있지만, 연속해서 두 사람이 빠졌는데, 둘 다 너를 안심시킬 만큼 깨끗한 일정이 있어. 그리고 그 두 사람이 서로 아는 사이지. 기관사는 뭔가 이상한 점이 없었어?"

"…오늘은 평소랑 다르게, 계속 바닥을 바라보고 있었지."

내가 말했다.

"이게 몇 번째 모임이지?"

"두 번째 모임."

"해체해."

"시운."

나는 손을 내저었다.

"과하다는 생각이 들지도 모르지만, 해체해야 해. 두 사람이 관계성이 있다는 건 우연일 수 있지. 필연적이라고 하려면 못해도 세 사람 정도는 되어야 할 거야. 하지만 그때까지 기다리는 건 너무 큰 모험이야. 교단에서 사람 하나를 개종시키는 데 한 달은 충분히 긴 시간이야. 개종을 거치고 나면 그 사람은 네 이야기 따위는 기억도 나지 않고 여기 있는 모두를 어떻게 해야 본신의 뜻에 따라 바칠 수 있을지 열심히 궁리하고 있을걸. 여기서 모임을 더 끌고 나가는 건 모험이나 다름없지."

"그게 아니야."

나명이 초조한 안색으로 말했다.

"한 사람 더 있어. 창고 노동자는 세 번째로 빠진 사람이야."

두 번째 모임에서 이미 개종된 사람이 있다는 걸 확인하는 데까지는 그리 오래 걸리지 않았다. 내가 교단에서 개미를 입에 물고 이단심문실을 들여다보면 그만이었으니까. 고문당하고 있는 창고 노동자를 확인했을 때 나는 그 사람에 대한 연민을 느낄 수도 없었다. 공포로 죄어오는 가슴 때문에 숨마저 거칠어졌기 때문이었다. 하지만 나명은 달랐다.

나명은 착실하게 해야 할 일을 했다. 가까운 사람들을 불러 모임을 해체시켰다. 두 번째 모임만이 아니라 다른 세 모임까지 모두 다. 몇 년에 걸쳐 쌓아온 사업을 단 하루 만에 처분한 것이었다. 감응에 추적되지 않도록 많은 부분을 재검토했고, 추적이

어렵도록 사업과 관련하여 명의를 몇 번이고 도용한 다음 정리했다. 마지막으로 남은 것은 사업에 사용된 사무실뿐이었다.

사무실은 건축 연한이 수십 년 전에 지났을 낡고 오래된 옛 4층 빌딩에 자리하고 있었다. 임대료를 받는 사람이 있지만 무슨 일을 하는지 확인 따위는 하지 않았고, 그조차도 진짜 건물주는 아니고 누군가의 대리인에 불과하며, 사실 진짜 건물주는 사망한 지 오래고 도시 내 토지 소유 일람에선 언제 누구에게 건물이 상속되었는지도 모호한 구시가지에서는 흔히 볼 수 있는 그런 빌딩이었다. 한 층에는 병자들이, 한 층에는 고아들이, 또 다른 한 층에는 범죄자들이 공안의 눈을 피해 잠시 자리를 잡았다가 또 다른 곳으로 찾아가는 장소. 그래서 누군가의 부주의로 언제 불타버려도 이상하지 않은 빌딩. 나명은 태양이 뜨고 지는 시간과 거울과 오목렌즈를 절묘하게 위치하여 다음 날 해가 질 때 사무실이 불타오르도록 배치했다. 날이 추워지고 있었기 때문에 사무실이 위치한 3층 위로는 아무도 살지 않았고, 또 불이 나더라도 딱히 수상히 여기지 않을 터였다.

추위 때문에 건물 내에서 장작을 태우다 불로 번져 건물이 타오르는 일은 종종 있었다. 만에 하나 감응할 가치를 느낀다고 하더라도 불에 탄 것은 감응하기 어렵다. 감응을 하더라도 하루가 지난 뒤에 감응할 수 있는 사람은 없었다.

나명을 도와 사무실 한편에 사업과 관련한 서류를 한데 모은 뒤 더는 할 일이 없다는 걸 알았을 때 내가 말했다.

"나연은 어때?"

"괜찮은 것 같아. 상황을 제대로 받아들이는 데 시간이 걸리긴 하겠지만, 당장 허튼짓을 하진 않을 거야."

"그럼 넌 이제 어떻게 할 거야?"

"당분간 조용히 지내야지."

"당분간?"

"아니면 좀 더 오래. 그러잖아도 서구로 발령받을 것 같아."

나명과 파트너로 일할 수 있었던 건 순전히 운이었다. 그 시간이 길지 않을 것이라는 건 빤히 알고 있었다. 느닷없이 일어나는 비참한 비극 같은 게 아니었다. 모든 공안원은 때가 되면 직무 이동을 하니까. 그런데도 그 말은 당황스러웠다. 모든 문제가 일어난 다음에야 지금까지 누리고 있던 것들이 한순간에 허물어질 수 있다는 걸 깨달은 것이었다.

나명은 다소 새침하게 말했다.

"축하한다는 말 안 해?"

"아니, 그래. 승진 축하해."

"고마워. 일이 잘 마무리되지 못한 건 아쉽지만, 어쩔 수 없지."

나는 주저하며 말했다.

"그럼 이대로 끝인가?"

"그렇지."

"아니, 사업 이야기가 아니라…."

나는 말을 하려다 말고 멈추었다. 사업 이야기가 아니면 무엇에 관한 이야기인가? 나명은 지고 있는 해를 바라보았다.

"내가 했던 약속 기억해?"

"무슨 약속?"

나명은 무슨 말인가 하려다 가로저었다.

"류정이 너 좋아했던 거 알아?"

"류정이 날?"

생각지 않던 옛 친구의 이름을 듣고 나는 깜짝 놀랐다.

"그랬나?"

"나도 확신은 없었어. 하지만 고발장에 네 이름이 없는 걸 알고 알았지. 세상에 있는 모든 사람을 다 고발할 태세였는데 네 이름만큼은 없더라고."

"지금까지 그런 이야기 한 적 없잖아."

"별로 알고 싶지 않은 진실 아니야?"

그 말은 사실이었다.

"그럼 왜 지금 말하는 거야?"

"지금이 아니면 말할 수 없을 것 같아서."

나명은 문을 향해 걸어가며 나를 지나쳤다.

"당분간 연락 안 하는 게 좋을 거야. 특히 내가 발령받고 나면. 딱히 우릴 돈독한 파트너로 보는 사람은 없었으니까 공안 안에서 우리가 특별한 관계라고 생각하진 않겠지. 하지만 누군가는 알아. 류정과 나와 네가 친구였었고, 그런데도 류정은 네 이름을 빼고 고발했었다는 걸. 그리고 너와 내가 오랜 시간 파트너였다는 것도."

"아무 일도 없을 거야."

"그래도 조심해야지."

"정말로 아무 일도 없으면?"

"그때 가서 생각해보자. 모든 게 우리 기우에 불과했다면, 네가 날 찾아와."

그게 끝이었다. 건물을 나서고 나와 나명은 서로 다른 길목으로 들어섰다. 나명의 걱정이 결과적으로 내 목숨을 살렸다는 걸 깨닫기까지는 그렇게 긴 시간이 걸리지 않았다. 나는 나와 나명이 헤어졌던 그 빌딩으로 돌아와 불타버린 사무실 한가운데서 잿더미를 손에 쥐고 감응했고, 창문 밖에서 내던져진 화염병이 건물을 태웠다고 거짓말해야 했다. 그런데도 사교도 추적은 끝나지 않았다. 나는 얼굴을 한 번도 본 적 없었지만 분명 우리의 사업에 참여했던, 나명의 강론을 들었을 사람들의 신병을 구속했다. 그들은 공포로 금세 죄를 고백하거나 다른 사교도의 이름을 불렀다. 다행히 나명의 이름은 쉽사리 나오지 않았다.

하지만 내 안도를 비웃듯이 결정적인 단서가 들추어졌다. 과거에 나명을 고발했던 류정의 고발장이었다. 나명을 특정한 수사가 임박하자, 누군가 나명의 얼굴을 알고 나명의 목소리를 안다고 말했다. 어쩌면 그런 단서와 증인 따위는 없었을지도 모를 일이지만 류정에게 그러했던 것처럼 사교도를 쫓는 이들에게 진실은 중요하지도 않을 것이었다.

*

수조 안에서 개미들은 먹이를 찾기 위해 땅 위를 부단히 더듬고 있었다. 나는 수조 뚜껑을 열고 아침으로 먹은 사과 심지를 내려놓았다. 개미 몇 마리가 탐색을 위해 금세 다가왔다. 내 존재는 알아차리지도 못한 것 같았다. 옷을 갈아입고 돌아오니 심지를 향해 가는 녀석, 분해하는 녀석, 분해한 것을 들고 집으로 돌아가는 녀석까지 가득했다. 나는 개미들이 되도록 불공평하다는 생각이 들지 않도록 불규칙하게 집게로 개미를 집어다 힙 플라스크 안에다 넣었다.

내 기억에 나연은 도안동에 살고 있었다. 북구 서쪽 끝에 자리한 도안동은 서쪽으로는 생필품 생산을 맡고 있는 제3공단이 자리를 잡았고 남쪽으로는

112

공동주택단지가 자리를 잡고 있었다. 공동주택단지 거주민 대부분은 2차 노동자로 아침이면 회색이나 회갈색 작업 제복을 입은 사람들이 자전거를 타고 공단으로 출퇴근하는 모습을 볼 수 있었다. 나연도 2차 노동자였다. 하지만 나연은 내가 알고 있던 주소에 살고 있지 않았다. 문을 두드리자 열고 나온 것은 졸린 얼굴로 나온 깡마른 남자였는데 나연의 이름을 알지 못했다. 이사 허가를 받으려면 결혼이나 이직처럼 충분한 근거가 있어야 했다. 불과 몇 개월 사이에 나연이 결혼을 했을 것 같지는 않았다. 이직했다면 관공서에 기록이 남아 있을 것이었다.

하지만 동사무소 기록을 뒤져보진 않았다. 열람자와 열람 항목 또한 기록되기 때문이었다. 나는 나연의 뒤를 쫓는다는 사실이 누구에게도 알려지길 바라지 않았다. 그래서 나는 나연이 원래 일하고 있던 직장인 비누 공장을 찾아가기로 했다. 나연에게 선물 받은 비누가 있긴 했지만 곽 포장이 되어 있지 않아서 제품명과 사명이 없었다. 시중 잡화점에서 팔고 있는 것 중에는 같은 것이 없었다. 나는 나연이 사무원으로 일하고 있지만 일손이 바쁘면 포장 업무를 도왔다는 것도 기억해냈다. 거래처가 적은 작은 공장이란 말이었다. 나는 전화번호부를 뒤져 찾아낸 열세 곳의 비누 공장 중 규모가 큰 네 곳을 제외했다. 그리고 남은 아홉 곳을 천천히 돌면서 우유향이 나는 곳이 있는지를 찾았다. 비누 공장들은 서로 멀지 않은 곳에 밀집해 있었기 때문에 찾아가는 게 그렇게 수고스럽지 않았다. 세 번째 공장에서 우유향이 났고, 안으로 들어가 나연의 이름을 말하자 알고 있는 직원이 있었다. 내 복장을 보자 직원은 어떤 사건과 관계되어 있는 건 아닌지 대답하길 껄끄러워했지만, 굳이 그 의심을 풀어주진 않았다. 내가 덧붙이지 않아도 입단속이 될 터였다.

"나연은 이직했어요."

"어디로요?"

"가죽 공장으로요."

직원은 나연이 이사한 장소를 구체적으로 알지는 못했지만, 전화번호는 알고 있었고, 사명도 기억하고 있었다. 오후에 몇 번 전화를 받지 않는 것을 확인하고 야간 근무임을 알아차렸다. 나는 '제일제협소'라는 사명이 붙은 가죽 공장을 직접 찾아 들어갔다.

공장의 정면으로 걸어 들어가자 무두질 과정에서
나오는 오물이 하수구로 흘러 들어 가고 있었다. 공
장에 오가는 직원들 모두 장화를 신고 있는 이유를
알 것 같았다. 공장을 가로질러 별관으로 마련된 사
무소를 찾아갔지만 나연은 없었다.

"어떻게 오셨나요?"

회색 작업 제복을 입은 여자가 말했다. 여자는 왼
손이 오른손에 비해 더 크고 붉었다. 혈관들이 도드
라져 튀어나왔고, 아무런 기능도 하지 못하는 완성
되지 않은 촉수지가 손등 아래로 늘어져 있었다. 성
흔이었다. 성흔을 가지고 있는데 사무원으로 일하고
있다는 것은 과거에 사제 후보였지만 사제가 되지
못했단 증거였다.

"나연이란 사람을 찾고 있습니다."

"나연이요? 지금 아래에서 일하고 있을 거예요."

"아래에서요?"

"네. 불러드릴까요?"

나는 그렇게 해달라고 부탁했다. 사무원은 어디
론가 전화를 걸었다. 곧이어 다른 직원이 사무소로
올라와서는 나를 찾더니 나연이 공장 뒤뜰에서 기

다리고 있다고 말했다. 나는 품 안의 힙 플라스크를 만지작댔다. 다른 사람과 공유하지 못할 이야기라고 해도 구태여 손님을 내려오라고 할 이유는 없었다. 나는 일이 어떻게 돌아가는지 이해했다.

그렇기에 뒤뜰로 걸어간 나는 나연이 짧은 단도로 내 등을 노렸을 때 재빨리 몸을 틀어서 나연의 다리를 걸어서 넘어뜨리고 손에 쥐고 있는 단도를 뺏을 수 있었다. 사람을 제압하던 습관으로 나연의 몸을 밟으려다, 뒤로 물러섰다. 단검도 등 뒤로 보이지 않도록 감추었다.

내가 말했다.

"너 미쳤어?"

나연은 대답하지 않고 눈을 부라리며 나를 올려다봤지만, 다시 덤벼들지는 않았다. 나연은 숨을 몰아쉬고 입가를 비틀며 무언가 말하려 했다. 나는 뒤뜰로 오는 다른 사람이 있는지 살피며 나연의 답을 기다렸다.

"…미친 건 너 아냐?"

"무슨 말이야?"

"네가…."

나연이 울음을 삼키며 말했다.

"언니가 우리를 팔았잖아."

나는 등골을 타고 오르는 싸늘함을 느꼈다.

알지 못하는 일이 벌어지고 있다는 건, 함정에 빠졌다는 뜻이었다.

"그런 적 없어. 무슨 일인지 자세히 말해."

나는 나연에게 손을 내밀었다. 나연은 주춤하다 내 손을 잡았다.

나는 자리에서 일어난 나연의 흙 묻은 등을 털어주며 질문했다.

"왜 대경기장에 있었던 거야?"

"언니가 오라고 했으니까."

"내가 뭐라고 했는데?"

"다른 지역에서 언니가 모은 사람들과 모임을 갖자고 말했잖아. 우리 모임이 더 커질 수 있도록. 나명 오빠가 하지 못했던 일을 할 수 있을 거라고."

이미 일이 잘못되었다는 건 알았지만, 잘못되기 시작한 시기는 내가 생각한 것보다 더 오래된 것 같았다.

"'우리'라고? 우리가 누군데?"

117

"알잖아? 허깨비 신을 믿는 사람들."

흥분과 동요는 이성적인 사고를 방해한다. 나는 호흡을 가다듬고는 뒤뜰의 인기척을 확인했다. 당장은 아무도 없는 것처럼 느껴졌다.

"아직도 그 짓을 하고 있어?"

"'아직도'라니? 오빠가 죽고 나서도… 계속 연락했었잖아?"

나연은 반문했지만, 이제 확신에 찬 목소리는 아니었다.

"분명 언니 목소리였어."

"우리가 직접 만난 적은?"

"…오늘까진 없었지."

"교단에 신들에게 받은 능력으로 목소리를 흉내 낼 수 있는 사람이 있어. 대외적으로 알려져 있진 않았지."

"내가 속았다는 거야?"

"그래."

나연은 명백히 당황하고 있었다. 그렇지만 자신이 속았다는 사실을 그대로 받아들이기보다는, 자신이 어떤 논리를 빠트리고 있는 것은 아닌지 의심하고 있었다. 자신을 속인 것이 전화기 너머의 내가 아니라 눈앞의 나라는 것이었다. 이미 알고 있었던 사실에 더 마음이 기우는 사고 편향은 일반적이었다.

신뢰를 구하는 뜻으로 나는 빼앗았던 칼을 되돌려주었다. 나연의 눈동자에서 의심이 다소 거두어졌다. 다시 내게 달려들지는 않았다.

"옷은 왜 이래?"

나는 나연의 펑퍼짐한 회갈색 제복을 가리켰다. 회색 제복과 마찬가지로 둘 다 2차 노동자 지위에다 어떤 작업장에선 구분이 무의미해질 때도 있었지만 일반적으로는 회색 제복은 사무직을, 회갈색 제복은 현장직이 입었다. 수당은 현장직이 조금 더 받지만 몸을 덜 쓰기 때문에 사람들은 상대적으로 덜 위험한 회색 제복을 선호했다. 나연을 마지막으로 보았을 때는 회색 제복이었다.

"이직 통보를 받았어."

"그건 알아. 이직 통보를 왜 받은 거야?"

"생산량이 떨어져서."

자식이 기숙학교에 들어가기 위해선 부모가 자

진해서 산제물로 희생해야 했다. 나명은 나연에게 의지할 유일한 피붙이였다. 나명의 죽음이 나연에게 충격이 되었으리란 건 쉽게 생각할 수 있었다.

"통보 이전에 권유가 있었을 텐데."

통보는 강제 집행이지만 그 이전에 권유받았을 때 이직하면 좀 더 직종 선택지가 넓었다.

"잘 할 수 있을 줄 알았지. 잘 안 됐어."

나는 고개를 가로저었다.

나연이 말했다.

"오빠가 죽고 나서 언니한테서 전화가 왔었어. 나명의 죽음을 헛되게 할 수는 없다면서 그 유지를 이어나갈 거라고 했어. …나도 동의했고."

"그래서 허깨비 신을 믿는 사교도 집단을 만든 건가? 또?"

"언니가… 그러니까 언니를 사칭한 사람이 알려준 방법대로였어. 본신들에게 가족이 제물로 바쳐진 사람, 공안에게 고문당한 사람, 이 세상이 올바르지 않다고 믿는 사람들에게 허깨비 신 이야기를 들려줬어."

"의심하진 않았고?"

"의심했어. 언니랑 만나고 싶었는데 계속 모습을 드러내지 않는 게 이상했지. 그래서 대경기장에서 사람들을 먼저 모아둔 다음 언니가 나타날지 아닐지 확인하려고 했어. …그런 괴물이 나타날지는 몰랐지."

나는 나연에게 왜 사람들에게 도망치라고 말하지 않았는지 묻지 않았다. 대경기장 출입구는 하나뿐이니 어차피 사람들은 도망칠 수 없었을 것이다. 오히려 교단에서 풀었을 괴물은 나연을 먼저 공격했을지도 모른다. 나연의 판단은 정확했다.

내가 나연에게 질문했다.

"그날 대경기장에 알고 있는 사교도가 모두 모였었어?"

"아니야. 그건 왜?"

"그 자리에 없었다면, 그런 일이 일어날 걸 미리 알고 있었을지도 모르니까."

"우리 모임에 염탐꾼이 있었단 말이야?"

"그렇겠지. 너를 속이는 사람이 있었다면, 너를 속이는 것만으로는 만족할 수 없을 거야. 네가 제대로 속고 있는지도 확인해야지."

하지만 정작 나조차도 대경기장에선 나연을 제외한 다른 사람을 보지 못했다. 두 가지 이유일 가능성이 컸다. 하나는 목련존자가 너무 위험하기 때문일 것이다. 교단이 외신의 자식들을 다룰 수 있다는 소문이 있었고, 나도 그 사실을 확인한 바 있었다. 하지만 외신의 자식이 피아를 식별할 수 있는지는 의문이었다. 다른 하나는 나 때문이었다. 모라교 행사를 빌미로 공안에서 움직일 감응관의 숫자를 나하나로 추렸다. 내가 대경기장에 갈 것은 공인된 사실이었으니, 내가 얼굴을 직접 확인할 가능성을 차단하기 위해 모습을 드러내지 않은 것이었다.

나연이 염탐꾼에 대해 말했다.

"한 사람 있어."

"누구지? 어떻게 알게 된 사람이야?"

"여기 공장 동료야. 사무실에서 일하고 있어. 오늘도 나왔을걸."

"혹시 왼손에 성흔이 있는 사람이야?"

나연이 고개를 끄덕이는 것을 보고, 나는 힙 플라스크에서 개미 한 마리를 털어내 씹었다.

나는 초점을 옮겨 나와 나연의 대화를 지나쳐 주

변을 돌아보았다. 가죽 공장 뒤뜰을 가리고 있는 사람 키 높이의 시멘트 담장을 넘어서자, 시멘트 담장 너머에서 귀를 기울이고 있는 두 사람이 눈에 들어온다. 이들은 작업 제복을 입고 있지만, 얼굴에는 씨줄과 날줄이 성긴 검은 천을 두르고 있다. 공안에서 쓰는 잠행용 복면이다. 이들 손에는 권총이 들려져 있다. 나는 초점을 이동시켜 다른 매복자들을 발견했다. 담장 너머가 아닌 가죽 공장 내부에도 2인이 1조로 세 조가 더 있다. 이들은 내 움직임에 맞춰 매복자의 모습이었다가 뒷걸음질 치며 복면을 벗고 공장직원으로 분한다. 별관 사무실 2층, 창문 뒤에서 나와 나연이 있는 공장 뒤뜰을 눈여겨보고 있는 아홉 번째 매복자는 내가 뒷걸음으로 사무실로 다가가자 천천히 검은 복면을 벗는다. 이어 나에게 나연을 불러주겠다고 했던 말을 삼키고, 다시 종이에 작업한 수기를 만년필로 빨아당긴다. 내가 2층 사무실에서 걸어 나와 가죽 공장을 가로지른다. 나는 무심코 지나쳤던 작업자 중 하나가 나연이었다는 걸 뒤늦게 알아차린다. 그 외 내가 공장을 빠져나가기까지 별다른 움직임은 없다. 나는 매복자를 아홉 명으로 확인했다. 공안에서 중요하다고 생각하는 사건에서 용의자를 잡을 때 여섯 정도를 쓴다. 이 정도라면 나연은 이미 공안의 손아귀 안에 떨어졌고, 나연은 나를 낚기 위한 미끼로서의 쓸모만 있다는 말이었다.

나는 감응에서 빠져나왔다.

"나중에 확인해야겠네."

그렇게 말하면서 품에서 수첩을 꺼냈다. 공간 감응을 통해 확인했을 때 나와 나연을 직접적으로 염탐하는 이는 없었다. 시멘트 담장 너머의 두 매복자가 귀를 기울이고 있으면서 이상 상황을 감지하고, 나와 나연이 공장 밖으로 나설 때 덮치려 들 터였다. 나는 이들이 누구의 명령을 받는지 알 것 같았다. 나는 연필로 메모장에 휘갈기곤 나연에게 보여주었다.

'함정. 빠져나가야 함.'

나연은 눈을 흘긴 다음 말했다.

"그 사람이 의심스럽다면 내가 직접 확인해볼게. 하지만 언니 생각처럼 문제가 될 사람은 절대 아닐 거야."

나연은 내게 수첩과 연필을 받은 다음 썼다. '어떻게?'

"믿을 수 있는 사람인가?"

내가 답했다. '담장 뒤에 둘.'

나는 담장 뒤의 정확한 위치를 가리켰다. 총성이 들리면 다른 매복자들이 몰려올 것이었다. 각각이 하나를 맡아야 하므로, 왼쪽을 가리킨 뒤에는 나연의 가슴을, 오른쪽을 가리키고 내 가슴을 가리켰다. 나연이 입 모양으로 말했다. '죽여?'

나는 대답 없이 고개만 끄덕였다. 그러곤 나연이 쥐고 있는 칼을 역수로 바꿔 쥐여주었다. 이런 상황에선 내려찍는 쪽이 나았다.

나연이 말했다.

"믿을 수 있는 사람이야."

"좋아, 그럼 이렇게 해볼까."

"어떻게?"

가죽 공장 뒤뜰의 시멘트 담장은 다행히 흙바닥이었다. 나와 나연이 가까이까지 걸어가도 소리가 거의 나지 않았다. 나연의 양손이 아슬아슬하게 시멘트 담장 가장자리에 닿았다. 나연이 담장 난간을 쥐었다가 자신 없다는 듯 나를 힐끔 보았다. 내가 한 손을 시멘트 담장에 올린 다음 턱을 까딱여 보채자, 나연이 힘껏 뛰어올라 허벅다리를 올렸다. 나는 그대로 뛰어올라 담장을 밟지 않고 두 다리를 넘겼다. 나연이 처리할 매복자는 상황을 알아차리지 못하고 담장 위를 바라보고 있었고, 내가 처리할 매복자는 나연을 향해 총구를 겨누었다. 나를 보진 못했다. 나는 떨어지면서 의장용 단검으로 내 몫의 매복자의 정수리를 내려찍었다. 나연이 담장 위에서 몸을 구른 다음 제 몫의 매복자의 목을 찔렀다. 매복자는 벽에다 피를 가득 뿌리며 절명했다. 나는 매복자의 총 두 자루를 차례대로 집어 들고 탄창에 들어간 총알을 확인하고서 피가 묻지 않은 것을 나연에게 건넸다.

"여덟 발. 장전되어 있어."

나연이 손에 묻은 피를 급하게 작업 제복 안쪽으로 넣어 닦고는 권총을 받았다.

"이제 어떻게 해?"

나는 매복자들의 소지품을 점검했다. 다행히도 호주머니에 총알이 몇 발 있긴해도 별다른 통신 장비는 보이지 않았다. 그런 물건들은 모두 고가여서, 보통 이런 허드렛일을 하는 이들에게 맡겨지진 않았다. 우선은 공단을 빠져나가면 포위망에서 벗어날 수 있을 것이다. 적어도 적에게 있어 당장은 내가 그리 위협적으로 받아들여지지 않는 것 같았다. 사람을 많이 썼다는 게 그 증거였다. 정말로 나를 잡아야 한다고 생각했더라면 사람을 많이 쓰지 않고 그냥 사제를 데려왔을 것이다.

그렇다고 문제가 해결된 건 아니었다. 공단을 빠져나가면 동쪽이나 서쪽 둘 중 하나의 길을 택해야 했다. 동쪽으로 가면 도시의 중심부로 가게 된다. 교단의 중심으로. 서쪽으로 가게 되면 도시 외곽으로 나간다. 외신과 그 자식들이 서성이고 있을 것이다.

"…어떻게 하냐고?"

나는 손에 쥐고 있는 권총을 내려다보았다. 일이 어떻게 되었는지는 알 것 같았다. 나연은 분명 나명과 내가 벌였던 일에 깊게 관여하지 않고 있었다. 단지 허깨비 신이라는 개념을 알고 있었을 뿐 나는 나연이 표적이 될 거라고 생각하진 않았다. 실제로 공안의 목표는 나연이 아닐 터였다. 나는 나명이 죽은 것으로 모든 것이 끝났다고 안이하게 생각했다.

두 가지 선택지가 있었다. 하나는 끝까지 도망치는 것이다. 서쪽으로 계속 이동하면 도시 밖으로 빠져나가 공안의 추적을 따돌릴 수 있을지도 몰랐다. 도시의 많은 사람은 그것이 불가능하다고 여겼고, 실제로 그에 가깝도록 많은 사람이 실패했지만, 소수의 사람은 성공했다. 물론 그 사람들은 다시 소식을 보내오지 않으므로 그들이 어떻게 되었는지는 아무도 몰랐다. 배회하는 외신들 사이에서 살아남는 삶을 상상하긴 어렵지만, 적어도 본신과 그 추종자들에 의해서 죽지는 않을 것이다.

하지만 이 선택지는 도시의 안과 밖을 가르는 삼엄한 경계 때문에 높은 확률로 도시 밖으로 나가보지도 못하고 공안에게 붙잡히게 될 터였다. 도시에서 공안에 사로잡힌 사교도는 사교도로서 죽지 못했다. 사교도는 절차에 따라 공안에서 교단으로 넘겨지고, 교난은 사교도를 개종했다. 사교도가 아무리 빠르게 자신의 종교를 버리겠다고 말해도, 그것은 교단의 기준에서 마음에서 우러나온 진심이 아니기에, 교단이 오랜 시간 다져온 개종 의식을 밟아나가야 했다. 이 개종 의식은 수많은 고문 과정으로 이루어져 있었다. 개종 이후에도 안식은 없었다. 개종된 사교도는 가장 값진 제물로 취급되었다. 그들은 가장 가까운 희생 제의에 별 삼키는 아란에게 제물로 바쳐졌다. 영원히 아란과 한 몸이 되어 살아가도록.

다른 선택지는 좀 더 간단했다. 지금 나연과 내 머리에 총을 쏘는 것이다. 죽으면 더는 고통도 없었다.

"시운 언니?"

나연이 나를 바라보았다. 어쩌면 내 생각을 읽은 것 같기도 했다. 나연은 언젠가 나명에게 배웠던 대로 권총 검지를 방아쇠 바로 옆에 뻗었다. 오사를 방지하면서 동시에 곧장 사격할 수 있도록. 그랬다. 나명은 나연에게 총 쏘는 법을 가르쳤었다. 총구는 땅을 향하고 있지만 당장 내가 움직인다면 나연이 나보다 더 빠를 것이다. 나는 나연을 죽일 수 없을 것이다. 그렇다고 나연을 혼자 놔둘 수도 없었다. 나는 권총을 쥔 손을 가슴에 댄 뒤 외투로 숨겼다.

"동쪽으로 가자."

"동쪽? 도망치려면 서쪽이 낫지 않아?"

"그렇게 생각해서 포위망을 서쪽으로 놓고 있겠지. 사람이 많은 중심부를 지나치는 쪽이 숨어서 이동하기 좋아."

나연은 고개를 끄덕이곤 허리춤에 권총을 꽂아 넣었다. 길을 안내하는 것이 나였으므로 기분 탓일지도 모르지만, 걷는 동안 나연은 결코 뒤를 내주지 않았다.

★

"우릴 추적하는 사람 중에도 분명 감응관이 있을 거야."

"그럼? 도망칠 수 없다는 말이야?"

"아니."

제3공단을 빠져나오자 공동주택단지가 이어졌다. 시청이 주관하는 정해진 공법으로 지어진 회색 건물들이 시야 가득 뻗어 있었다. 이 건물들 사이에는 언제든지 도망자들을 잡을 수 있도록 차단선을 설치할 수 있는 간이 검문소들이 일정 거리마다 존재했다. 아직은 포위망이 좁혀지지 않아 간이 검문소는 비어 있지만 도망치기 좋은 길은 아니었다. 나는 길을 바꿨다. 이 도로에서도 여전히 공동주택단지가 야트막한 언덕까지 이어졌지만, 다른 점이 있었다. 바로 노면전차의 레일이 연결되어 있다는 점이었다.

"노면전차를 타고 사하지구로 들어갈 거야."

"거긴 빈민굴이잖아?"

나연이 반문했다.

"공안도 곳곳에 깔려 있다고 들었는데."

"하지만 걸어서 도시를 지나치려면 사하지구를 지나치는 게 가장 빨라."

"노면전차를 계속 타고 가면 되잖아. 자동차를 탈 수도 있어."

"우리가 전화선보다 빠르진 않지. 이미 각 지역 공안부서에 알려졌을 거야. 그리고 공안이 1순위로 검문 검색을 하는 대상은 차량일 테고. 하지만 사하지구 내부는 교통 설비가 없으니까 공안이라고 해도 도보로만 이동해야 하지."

내 말이 충분히 설득력 있게 들렸는지, 나연은 더는 군말하지 않았다. 곧 뒤에서 동쪽으로 이동하는 노면전차 한 대가 다가왔다. 나는 감응을 통해 노면전차의 내부 탑승자들을 확인했다. 공안원들은 사복을 입기도 하고 감응자에 대비하는 교육을 받기 때문에 확신할 수는 없었지만, 훑어보기에 공안으로 보이는 사람은 없었다. 하지만 우리가 탑승한 노면전차와는 무관하게, 우리는 사하지구 역에서 내리기 전 굽잇길에서 속도가 줄었을 때 뛰어내렸다. 나연은 정거장이 아닌 곳에서 내리는 게 익숙한 듯 가뿐히 내려섰다.

"왜 중간에 내린 거야?"

"정류장에서 감응으로 봤어."

나는 개미를 뱉고 사하지구로 걸어가며 말했다.

"앞선 노면전차에 공안원 둘이 타 있었어. 우리가 사하지구로 이동할 가능성 때문에 다음 정류장에서 기다리고 있었을 거야."

사하지구는 크고 높은 탑으로 이루어져 있다. 사하지구는 옛날, 그러니까 200년 전쯤 지어진 불신자들의 마지막 성채였다. 당시엔 외신들이 세계를 뒤덮고 있었고 인간들은 지상의 지배자라는 자신들의 자리를 천천히 내어주었다. 사하지구가 도시의 중앙에 남아 있는 것 또한 인간이 본신들에 의해 새로운 질서로 만들어지기 전까지 그 기능을 유지하고 있었기 때문이다. 하지만 이 콘크리트 성채들은 단 하나 남은 발전설비로 유지하기에는 너무 값비싼데다 비효율적이었고 기술이 실전되어가면서 그 기능을

132

고칠 방법도 잊혔다. 120년 전 시청까지 다른 위치로 이전되면서 사하지구는 버려졌고, 집을 구하기 어렵거나 도시의 법망에서 빠져나가려는 이들이 마지막으로 찾는 빈민굴로 전락했다.

사하지구 내의 건물들은 모두 승강기가 고장 난 지 100년은 지났고, 벽을 부수거나 탑과 탑 사이를 패널로 잇는 등 복잡하게 변형되었다. 주거자들 또한 일정한 주거지 없이 이동하거나, 주거지들 또한 자신의 주거자들을 한순간에 잃는 등 한때 최상위 권력자들과 부호들의 주거 공간이었던 사하지구는 이제 미로나 다름없는 곳이었다. 사람들은 사하지구를 공안 또한 손을 댈 수 없는 마지막 우범지역이라고 생각했지만 그건 사실이 아니었다. 시청은 사하지구가 아니더라도 새로운 빈민굴이 생겨날 것으로 예측했고, 그렇다면 이미 존재하는 사하지구를 관리하는 게 나을 거라고 판단했다. 사하지구에는 이미 알려진 범죄조직들이 있었지만, 그 내부에는 공안의 첩자들이 숨어 있었다. 애초에 몇몇 범죄조직은 공안의 관리하에 있었다.

나는 나연을 이끌고 사하지구의 탑들 사이를 걸

었다. 우거진 풀숲과 시체를 태우며 불을 쬐고 있는 늙은 노숙자들이 우리를 죽은 눈으로 바라보았다. 나는 사하지구에 들어선 지 얼마 되지 않아서 나연을 돌아보았다. 나연은 내 얼굴을 보자마자 놀란 듯 눈을 크게 떴다.

"언니…."

"왜?"

"코피."

"아."

내가 손으로 닦아내려 하자, 나연이 소매를 당겨 내 코 아래를 훔쳤다. 나는 손을 내젓고 고개를 돌렸다. 나는 힙 플라스크를 들어 올려 보여주었다.

"모퉁이를 돌 때마다 감응하고 있었어."

"뇌가 남아나지 않을 텐데."

"짧게 끊으면 괜찮아."

나는 나연이 뭐라고 하기 전에 덧붙였다.

"그러지 않았으면 우리가 갇혔다는 것도 몰랐겠지."

"…갇혔다고?"

감응을 반복한 결과 사하지구 가득 공안이 깔린 것을 볼 수 있었다. 공안이 우리 위치를 특정했다고

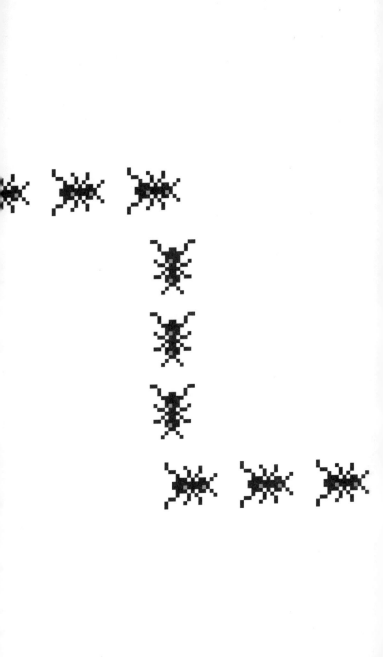

볼 정도는 아니었지만, 그렇다고 우리가 이곳을 지나갈 거란 사실을 모르는 것도 아니었다. 교단의 감응관들이 이미 우리 뒤를 밟기 시작했고, 서쪽이 아닌 동쪽으로 이동했다는 걸 알아챈 것 같았다. 그리고 현 위치에서 탑을 끼고 돌면 제복을 입은 공안원들이 노숙자들까지 신분 검사를 하고 있었다. 마찬가지로 등 뒤에서도 공안원 두 명이 우리가 이미 지나친 노숙자들을 확인하고 있었다. 시간이 오래 걸리고, 비효율적이지만 감응자를 추적한다면 가장 확실한 방법이기도 했다. 만약 노숙자들이 우리 얼굴을 기억하고 있다면 시간도 좁혀질 것이다.

"이대로 있으면 따라잡힐 거야."

"그럼?"

나는 바로 옆에 서 있던 탑의 출입구를 가리켰다.

"조금 돌아가야 해."

탑 안으로 들어서자 역한 쓰레기 냄새가 났다. 내부가 너무 어두웠기 때문에 눈에 띄는 것을 감수하고 손전등을 켰다. 오물은 중앙 계단 쪽에서 흐르고 있었는데, 정확히는 과거 탑의 승강기로 쓰이던 넓은 수직 통로가 원인이었다. 탑을 주거지로 삼은 이들이 승강기가 고장 난 뒤로 그 수직 통로를 쓰레기장으로 썼다. 이미 꼭대기까지 쓰레기가 들어차 있을 텐데도 빗물이나 오수를 수직 통로로 내버리는 이들 때문에 사하지구의 탑들은 모두 축축한 폐기물 냄새로 가득했다.

중앙 계단과 비상 계단 모두 바리케이드로 막혀 있었기 때문에 위로 올라가는 출구를 노숙자에게 물어봐야만 했다. 노숙자는 그 정보를 돈을 받고 팔고 싶어 했지만, 총구를 들이대자 순순히 말했다. 노숙자가 말한 방으로 들어서자 천장이 부서져 있었고 그쪽으로 사다리가 얹혀 있었다. 공안 파견 수사를 하면서 사하지구에 자주 들렀었기에 이런 과정은 익숙했다. 사하지구의 탑들 대부분이 이런 식이었다. 다섯 층 가량을 올라가자 비상통로 계단이 트여 있어서 별다른 문제 없이 올라갈 수 있었다.

"아래에서 봤을 때 13층가량에서 다음 탑으로 이어지는 가교가 있었어. 그런 식으로 사하지구 탑들은 모두 이어져 있으니 동쪽 끝에 있는 탑에서 내려가면 공안을 따돌릴 수 있을 거야."

내 말에는 허점이 있었지만, 뒤따르는 나연은 거

기까진 생각하지 않은 듯 간략하게 알겠다고만 답했다. 하지만 공안이 내 생각보다 훨씬 더 빨랐다. 아니면 시청이 내가 생각한 것보다 이 문제를 더 중하게 여기고 있는 것 같기도 했다.

가교는 양쪽 탑을 잇는 쇠파이프에다 합판을 올려다 묶어두었을 뿐이었지만 제대로 난간도 있고 엉성하게나마 지붕도 얹어 두었다. 다만 가교에는 몸을 숨길 공간이 여럿 있었기에 가교로 나서기 전 감응을 시작했다. 역시나 가교 구석에서 제복을 입은 공안 둘이 일어나 뒤로 걸어 우리가 가고자 하는 다음 탑으로 뒷걸음질 치는 것을 볼 수 있었다.

"저기 보여? 저 합판 뒤에 두 사람이 숨어 있어."

"어떻게 하지?"

"어렵진 않아."

공안은 감응관 대비 교육을 받긴 하지만 모든 상황에 제대로 대비하진 못했다. 나는 나연에게 방법을 알려주고 혼자서 가교를 걸어갔다. 공안원들은 내가 가교를 3분의 1 정도를 걸어가는 동안에도 별다른 움직임이 없었다. 내 얼굴은 확인했겠지만, 나연이 없다는 사실 때문에, 지금 모습을 드러내 공격

해도 될지 합의가 되지 않은 것 같았다. 다른 적에게 위치를 노출시키면 기습의 효과가 없었으니까. 계속 걸어가던 나는 일이 생각보다 쉽게 풀린다는 느낌을 받았다. 느낌이 좋지 않았다. 다시 감응할까 싶었지만 힙 플라스크를 꺼낸다면 공안원들이 내가 무슨 일을 하려는지 알아차릴 것이었다. 그리고 개미로는 이미 보았던 풍경밖에 보지 못했다. 나는 품속의 의장용 단검을 티 나지 않게 코트 안으로 뽑고는, 겉보기로는 태연하게 걸으며 칼끝을 내 옆구리에 찔러넣었다.

다시 감응을 시작했다. 나는 걸어왔던 가교를 되돌아가고, 두 명의 공안원들이 다시 몸을 드러내며 일어난다. 여기까지는 확인했었다. 나는 시간을 좀더 돌린다. 만약 공안이 내가 생각한 것보다 더 전부터 준비했을 가능성도 상정했어야 했다. 두 시간가량, 그러니까 나와 나연이 도망치기 시작한 시각에서 머지않은 때, 가교에 누군가 모습을 드러낸다. 사하지구에서는 좀처럼 보기 드문 모습이므로 금세 눈에 띈다. 사제 제복을 입은 남자다. 남자가 나타난 곳은 가교의 지붕 위다. 정확히는 지금 가교를 걸어가는 내 머리 위였다.

나는 감응이 해제되는 순간 총을 뽑아 머리 위를 쏘았다. 내 행동에 곧장 움직인 것은 나연이었다. 나연은 내 뒤쪽에서 대기하다 내가 움직인 순간 내 총성에 이어서 맞은편 숨어 있던 공안원을 향해 총을 쏘았다. 제대로 맞았는지 비명 소리가 났다. 좋은 소식만 있는 건 아니었다. 내 머리 위에선 비명도, 신음도 나지 않았다. 절명하지 않았다면 빗맞은 것이었다. 나는 나연을 향해 외쳤다.

"달려!"

이어 맞은편의 다른 공안원이 모습을 드러내며 총질을 시작했다. 몸을 바짝 숙였기 때문에 총알은 내 머리 위로 쏘아졌다. 곧바로 나연이 달려오며 응사했기 때문에 나도 움직일 수 있었다.

합판 뒤에 숨은 나연이 나를 바라보았다.

"무슨 일이야?"

"사제가 우리 위에 숨어 있었어."

총성 사이로 가교 위의 천장에서 사람이 달리는 소리가 들렸다. 나연이 곧장 사격하려 들었지만, 맞은편 공안의 총알이 합판을 뚫고 쏘아졌다. 운이 좋아서 두 사람 모두를 빗겨나갔다. 나는 합판 뒤에서 공안 쪽을 향해 겨눴다. 마구잡이로 쏜다면 맞힐 수도 있겠지만 총알은 제한적이었다. 내가 다시 감응했다. 수 초에 이르는 짧은 감응으로, 공안원의 위치를 정확히 특정했다. 다음은 천장 위의 사제였다. 초점을 옮기자 사제가 나와 나연의 뒤를 노리고 가교 천장에서 매달려 있다가, 다시 올라서는 걸 볼 수 있었다. 이 사제는 얼굴에 성흔을 입었다. 사제의 숫자가 그리 많지는 않았으므로 모르는 얼굴은 아니었다. 나는 이 사제의 이름과 선물을 알고 있었다. 공안원은 탄창을 갈아끼고 있다. 더 위급한 적은 사제다.

나는 감응을 해제하면서 곧장 뒤돌아 사제를 겨누고 쐈다. 순간 놀란 나연이 총구를 나를 향해 겨누는 듯했다가 총구를 따라 뒤를 보았다. 사제는 양 팔로 목과 얼굴을 가렸다. 세 번 연달아 쏘자 팔뚝에서 피가 튀지만, 쓰러지진 않았다. 나는 나연에게 사제를 가리켰다.

"눈을 노리고 쏴."

나연은 내 말대로 사제를 향해 총을 연달아 쏘았

다. 나는 다시 뒤돌아 공안원이 숨어 있을 합판 뒤를 노려 겨누었다. 단 한 발만 쏘았다. 이어 덜컥 소리가 들린 뒤 쓰러진 공안원의 손이 보였다. 나는 그대로 나연의 손목을 쥐고 앞으로 내달렸다.

"시운 감응관! 멈춰!"

사제 후보들은 서품식 때 본신의 선물을 삼켰다. 선물은 대체로 신체에서 발현되는데 어떤 선물은 육체적인 능력이 강화되었다. 총에 맞아도 쉽게 죽지 않고, 맨손으로 사람 머리를 우그러트렸다. 나는 달려가면서 바닥을 향해 총을 쏘았다.

"어딜 쏘는 거야?"

나연은 당황하며 말했지만 대꾸할 겨를은 없었다. 다행히 사제가 우리를 붙잡기 전에 가교를 모두 건넜다. 나는 돌아섰다. 달려오던 사제가 움찔하며 다시 얼굴과 목을 가렸다. 소구경 탄환으로 저런 사제에게 치명적일 수 있는 공격은 눈 정도였다. 그리고 그 덕분에 총을 겨누는 것만으로 사제의 시야를 가릴 수 있었다. 나는 계획했던 탄창 안의 마지막 두 발을 가교의 이음새를 향해 쏘았다. 캉 하고 날카롭고 명쾌한 금속 마찰음이 났다. 가교가 기울면서 사제가 한쪽 무릎을 꿇었다. 사제가 뒤늦게 얼굴을 보이며 낭패한 얼굴로 나를 바라보았다. 가교가 그대로 무너지며 아래로 떨어졌다. 굉음과 먼지가 솟구치며 나연이 숨을 헐떡였다.

"지금 총을 쏴서 저걸 떨어트린 거야?"

"오래된 가교였어. 연결 구조들이 모두 녹슬어 있었고 애초에 설계 결함이 있었어."

"그걸 어떻게 알았는데?"

나는 따로 답하진 않았다. 감응은 단순히 과거를 들여다보는 것에 있지 않았다. 찰나의 시간에도 과거를 아주 오래 들여다볼 수 있었다. 가교의 구조를 알고, 보수가 필요한 위치를 알고, 사람들이 건널 때 어디가 흔들리는지 안다면 그 자리를 노릴 수도 있었다.

나는 앞서 걸으며 옆구리를 감싸 안았다. 피가 다소 흘렀지만 상처는 깊지 않았다.

"몇 발 남았어?"

"두 발? 아니, 세 발."

"상황이 나빠질 거야."

나연은 각오한 듯 고개를 끄덕였다. 총성 몇 발

정도는 사하지구에서도 모른 척 넘어갈 수 있을지 몰랐다. 하지만 가교가 떨어져 내린 이상 정확히 무슨 일이 일어났는지 모르더라도 주변 공안원들의 관심을 끌어모을 것이었다.

나는 감응을 이어 나가며 앞장서서 걸었다. 내가 아래가 아닌 위로 올라가는 계단을 택하자 나연이 질문했지만, 다행히 곧바로 공안이 아래에서 나타나는 바람에 설명할 필요가 없었다. 나는 감응을 통해 주변을 탐색해 계단 옆에 비치된 폐가구들을 쓰러트려 장애물을 만들어 추적을 막았다. 하지만 탑으로 올라서면서도 연결된 다른 가교들을 지나쳐버리자 나연은 말이 거의 없어졌다.

"이대로 올라가면 방법이 있어?"

"전혀 없진 않아."

"정말?"

"등강기라는 거 알아?"

"그게 뭔데?"

"옛사람들은 탑이 불탈지도 모를 상황을 대비했어. 긴급한 상황에서 쓸 수 있는 도구들을 옥상에 배치했지."

거짓말이었다. 그런 도구들이 있긴 했겠지만, 아직도 남아 있을 리는 없었다. 하지만 나연으로선 확인할 수 없으므로 어느 정도 불안이 줄어든 것처럼 보였다.

"오빠한테는 왜 그랬어?"

"무슨 말이야?"

"이번에도 언니는 빠져나갈 수 있었던 거 아냐? 오빠한테 그랬던 것처럼. 굳이 날 데려가지 않아도 되잖아."

"그래서야."

"그래서라니?"

"그때 하지 못한 일을 하려고 너와 함께 있는 거라고."

나연은 내 말을 이해하지 못한 듯 곱씹었고, 나는 침묵을 귀하게 여겼다.

감응을 통해 탑에서 내려다보는 시야는 대단히 넓었다. 나연은 알 수 없었지만, 탑으로 시시각각 공안원들이 들어서고 있었다. 제복을 입은 사제도 숫자가 많았다. 2차 노동자와 감응관을 붙잡겠다고 오는 것치고는 숫자가 너무 많았다. 절대로 사교도를 용서할 수 없다는 공안의 의지를 보여주는 것 같았다. 이 탑에서 절대로 도망칠 수 없다고 판단한 것은 내가 전날 보았던 익숙한 괴물의 실루엣 때문이었다. 목련존자였다.

목련존자가 탑에서 비척거리며 빠져나온 다음 뒷걸음질 치고 있는 것은 나연의 직장 동료였던 왼손에 성흔이 있는 사람이었다. 그 여자는 이제 사제복을 입고 있었다. 목련존자 같은 외신의 자식이 바로 앞에 있는 인간을 덮치지 않았고, 그 인간이 사제라는 건 내가 보기에 한 가지 사실밖에 도출하지 않았다. 저 사제가 목련존자를 조종하고 있었다. 아마 그것이 저 사제의 능력일 터였다. 빠져나갈 수 없다는 사실이 명료해지자 나 또한 각오가 되었다.

탑의 마지막 층은 구조가 다소 달랐다. 나도 탑의 꼭대기까지 올라온 적은 없었기 때문에 개미를 씹어대며 혹시나 숨어 있을 매복자를 주의했다. 옥상 출입구는 열려 있었기 때문에 눈이 부셨다.

"저기가 옥상인 것 같은데."

나연은 무심코 내 앞을 지나쳐 걸으려 했고, 나는 나연의 손목을 붙잡았다. 그러곤 총을 들면서 계단 아래 난간 아래의 어둠을 향해 총을 겨누고 방아쇠를 연달아 당겼다. 달칵 소리와 함께 노리쇠가 후퇴 고정되었다. 난간 아래에선 신음 소리가 났다. 나연에게서 총을 받아야겠다고 생각했을 때, 목소리가 들려왔다.

"어떻게 눈치챈 겁니까, 선배님."

나는 난간 아래를 향해 걸어갔다. 익숙한 얼굴이 보였다.

"개미만으로는 그렇게… 오래 감응할 수 없다고 하셨던 것 같은데요."

이도는 팔과 배에 총알을 맞았다.

"너 왜 여기 있어?"

"선배가 사하지구 쪽으로…."

이도가 울컥하고 피를 뱉었다. 턱이 새빨갛게 젖었다.

"…움직인다는 이야기를 들었습니다. 탑에 들어간다면 꼭대기서 기다리자고 생각했죠. 제 생각이 맞았던 거죠. 운이 좋았습니다. 그렇죠?"

이도의 얼굴이 창백해졌다. 배에서 피가 쏟아지고 있는지 셔츠에서 피가 뚝뚝 떨어졌다.

"그림자 안에 숨으면 감응으로 찾을 수 없다는 건 맞아. 그리고 그 사실은 나도 알지. 저렇게 문을 활짝 열어두면 가장 그늘진 자리는 감응해도 알 수 없으니까. 평소라면 나도 무심코 지나갔을지도 모르지만, 지금은 개미가 다 떨어지고 아픈 것도 익숙해졌거든. 감응을 할 수 없으니 관찰력에 의지할 수밖에."

"아."

나는 이도가 떨군 총을 집어 들었다. 장전이 되어 있었다.

"나 좋아하는 거 아니었어?"

"그래서요."

"그래서?"

이도는 무언가 더 말하려는 듯 입꼬리를 올렸다. 나는 잠시 기다렸다가, 이도가 죽었다는 걸 알아차렸다. 이도의 말은 곱씹을 만했다.

나는 탄창을 확인하고 나연에게 말했다.

"가자."

"아는 사람이었어?"

"아까 죽인 사제도 아는 사람이었어. 아까 본 공안원들도 얼굴은 다 알지."

나는 나연과 함께 탑의 꼭대기 계단을 올라갔다.

나는 문을 닫으며 나연에게 말했다.

"바로 뒤에 공안이 붙었어. 출입구를 지킬 테니, 저기 보이는 밧줄을 풀고 있어."

나연은 고개를 끄덕이곤, 나를 지나쳐서 앞으로 걸어갔다.

나는 나연의 뒤통수에 총을 쏘았다.

나연이 힘을 잃고 풀썩 쓰러졌다. 나는 곧장 총구를 나연의 머리 가까이에 가져가 두 번 빠르게 방아쇠를 당겼다. 구경이 작은 권총이라 불안했다. 그 누구도 나연을 되살릴 수 없다는 안심이 될 때까지 총을 쏘았다. 나연 옆에 앉아 등에 손을 올렸다. 심장은 분명히 멈췄다.

기회는 계속해서 노리고 있었다. 다만 나연 또한 나에 대한 의심을 거두고 있지 않았기 때문에, 시간이 걸렸다. 나는 도시에서 도망친다는 허황된 목표를 가지고 있지 않았다. 물론 정말로 몇 번의 우연이 겹쳐 나와 나연이, 하다못해 나연이라도 빠져나갈 수 있다면 더 좋았을 것이다. 하지만 사하지구에 공안들이 깔려 있는 것을 확인했을 때부터, 내 목적은 좀 더 단순하고 쉬운 것이 되었다. 나연을 고통 없이 죽이는 것이었다. 나연을 나명과 같이 고통스럽게 개종하도록 놔둘 수는 없었다. 같은 실수를 두 번 할 수는 없었다.

나는 빈 권총을 버리고 나연의 손에서 권총을 집어 들었다. 생각보다 가벼웠다. 확인하니 나연의 탄창은 비어 있었다. 총알이 남아 있었다는 말은 거짓말이었다. 무기를 잃었다는 사실에 절망감이 느껴졌지만 동시에 나연 또한 끝까지 나를 의심했다는 걸 알고 나니 이 선택이 올바른 것이었음을 깨닫고 안도했다.

끼익 하고 옥상 출입구가 열렸다. 돌아보자 오견이 서 있었다.

✷

기숙학교를 졸업한 뒤 나명을 다시 만난 것은 류정의 장례식에서였다.

부고를 알려온 것은 류정의 삼촌으로, 류정이 개인적으로 정리해둔 오래된 연락처에 내 이름이 있었기 때문이었다. 하지만 그 부고 때문에 류정의 장례식에 참석한 것은 아니었다. 기숙학교를 졸업한 이후 류정과는 이렇다 할 교류가 없었다. 서품식 때 나와 류정은 운명이 갈렸다. 나는 견습 사제가 되었고, 류정은 사제 후보에서 탈락했다.

　서품식 진행은 여러 가지 종교적 제의 때문에 복잡해 보이지만 핵심은 간단했다. 사제 후보들이 '선물'을 삼키는 것이다. 선물은 단단한 껍데기를 가진 엄지손가락만 한 타원형 번데기처럼 생겼는데, 본신이 직접 교단에 내리는 것이기 때문에 선물이라 불렸다. 이후 세 시간 안에 이 선물이 어떤 식으로 발현되는가에 따라서 사제 후보들은 견습 사제가 되거나 후보에서 탈락된다. 탈락하는 일부 사제 후보 중에는 죽는 이들도 있었다. 선물은 체내를 돌면서 후보의 몸에 안착되는데 안착된 선물은 외부에서 보기에 확연한 변형을 일으켰다. 이 변형을 성흔이라고 불렀다. 하지만 어떤 종류의 성흔은 보이지 않는데, 이 경우 변행이 내장 또는 뇌에 발생한 것으로 보았다. 류정은 죽지 않고 또렷한 성흔을 보였기 때문에 사제가 될 수 있을 거라고 생각했지만 사제로 판단하기엔 그 힘이 너무 미비하고 부작용만 컸다.

어떤 선물을 받을지는 완전히 무작위였다. 류정의 성흔은 류정의 혈액을 천천히 굳어지게 만들었기에, 류정은 사제가 되지도 못했고 더불어 정기적인 항응고제를 섭취해야 했다. 사제가 되려다 죽은 아이들보다는 나을지 몰라도, 사제가 될 가능성도 없던 이들보다는 나빴다. 모든 약제는 시청에서 정기적으로 관리하고 항응고제는 그 제조의 편리에 비해서 가격이 제법 비싼 편이었다. 류정이 겪는 부작용이 사제가 되는 데 실패한 이들이 비교적 자주 겪는 부작용이라는 걸 생각하면 성흔을 가진 이들이 통증 발작때 먹는 진통제와 함께 시청이 세금을 거두려는 방편으로 보였다.

다행히 다른 사제 후보들이 그러하듯 류정 또한 사제가 되지 못할 가능성을 상정하고 2차 노동자 교육 정도는 받아두었다. 당시 나는 기숙학교 동기들의 다른 친구들로부터 함께 일하는 류정의 이야기를 간간이 듣곤 했다. 류정은 다른 실패한 사제 후보들과 달리 비교적 빨리 적응해 덜 고통스러워하는 것 같았다. 하지만 실상은 그렇지 않았다. 이후 알게된 이야기지만 류정은 자신의 위치가 정당하다고 생각하지 않았다. 그래서 류정은 주변 사람들의 사사로운 비행을 고발하는 것으로 상점을 따거나, 협박을 해서 돈을 뜯어내곤 했다. 처음에는 공장 내의 물건을 빼돌리는 사람을 폭로하는 것에서 시작했지만, 시간이 지나서는 기숙학교 동기들이 비밀스럽게 이야기했던 신성모독 따위를 교단에 이르기도 했다. 과거의 일인데다 사사로운 신성모독이라 실제 처벌로 이어지진 않아도 사유서를 쓰고 벌점을 받았기 때문에 기숙학교 동기들은 류정과 거리를 두게 되었고 그쯤 해서 류정에 대한 소식도 끊어졌다. 하지만 류정이 계속해서 노리던 사람은 따로 있었다. 바로 나명이었다.

같은 시기 나명은 공안교육단에 들어가 의무 공안으로 활동했다. 그리고 나명이 공안원으로 발탁되었을 때 류정은 나명에게 찾아가 과거에 허깨비 신에 대해 말했던 것에 대해 고발하겠다고 떠벌렸다. 공안원인 나명이 신성모독으로 고발당하는 것은 회갈색 또는 갈색 제복을 입는 동기들과는 다른 문제였다. 벌점이 누적되면 벌금이나 안식일 봉사로 감할 수 있는 노동자들과 달리 공안은 벌점을 감할 기회가 없고 누적되면 그대로 해직되었다. 나명에게 크게 벌점이 있을 리는 없었지만, 앞으로의 공안 재직 기간 동안 어떤 일이 있을지 모른다는 점에서 초기 벌점을 쌓게 되는 건 곤란한 일이었다. 그래서 나명이 류정보다 발 빠르게 움직였다.

나명은 류정이 요구한 돈은 물론이고 아무런 연락도 보내지 않았다. 류정은 자신이 경고했던 날짜에 교단으로 가서 나명과 허깨비 신에 대해서 고발했다. 하지만 고발을 끝마쳤을 때 붙잡힌 것은 나명이 아닌 류정이었다. 나명은 류정이 협박을 한 직후 움직이기 시작해 허깨비 신에 대한 여러 자료와 위증인을 만들어 류정이 허깨비 신의 신도이며, 자신을 조사하고 있는 나명을 거짓 고발한다는 그럴듯한 이야기까지 꾸며냈다. 그리고 교단은 증언뿐인 2차 노동자 류정보다 여러 증거를 가져온 공안원 나명을 더 신뢰했다. 재판 없이 류정에 대한 개종 절차가 시작되었다. 그리고 오는 달 첫 희생 제의 때 제단에서 제물로 바쳐졌다.

그것으로 끝난 것은 아니었다. 교단은 나명을 의심했고, 그에 대한 조사가 필요하다고 느꼈다. 하지만 감응관 몇몇이 나명이 가져온 증거를 조사했을 때 류정과의 관계성이 부족해 증거로서 부족할 수는 있어도 나명이 꾸며냈다는 증거도 찾을 수 없었다. 나에게 나명을 직접 만나라는 명령은 마지막 확인 절차에 가까웠다.

하지만 확인이랄 것은 없었다. 나는 나명과 류정에 대해 알았고, 별다른 조사 없이도 나명의 공작에 류정이 당했다는 걸 확신했다. 그래서 류정의 이름과 향초를 피운 자그마한 단상 앞에서 내가 말했다.

"굳이 죽일 것까진 없지 않았어?"

내 옆에 서 조용히 묵상하던 나명이 말했다.

"선택지가 많진 않았어. 류정이 먼저 시작한 일이었고."

당시의 나는 나명이 한 말을 그대로 말하기만 해도 형사과 신입 공안원 하나 정도는 개종시킬 수 있었다. 하지만 나는 향초 하나를 새롭게 꽂아 넣기만 했다.

"그럼 자업자득이네."

나명과 류정처럼 과거 친구였다가 사소한 상점과 벌점 때문에 관계가 틀어지고 둘 중 하나가 죽는 일

155

이 흔하지 않은 것도 아니었다. 적은 수입과 공평하지 않은 배급, 기관장을 비롯한 비위 문제까지 부정하지 않은 사람을 찾기는 어려웠고 이것을 눈감거나 고발하거나 사제나 공안원에게 돈을 쥐여주며 사면받는 일도 흔했다. 둘 다가 아니라 둘 중 하나라도 살아남았다면 다행이라고 봐야 했다.

"별을 삼키는 아란께서 류정을 삼켰다며?"

"응."

별을 삼키는 아란은 제물로 바쳐진 것들을 다 먹지는 않았다. 이유는 모르지만, 적당히 제물을 잡아먹고 배가 부르면 그냥 돌아가버리기도 했다. 그런 와중에도 삼켜지지 않은 이들이 있다고 해도 살아남는다는 말은 아니었다. 보통은 아란이 제단 위를 움직이는 동안 짓뭉개지기 일쑤였다. 이렇게 삼켜지지 않은 이들은 아란이 거부한 존재로 취급되어 사후에 평판이 떨어졌다. 하지만 류정은 그렇지 않았다. 별다른 흔적도 남기지 않고 깔끔하게 삼켜졌다. 아란교 신자의 기준에서는 지복이라 할 만했다.

"그럼 류정도 아란의 몸 안에서 함께하고 있다는 말이지?"

"그렇지."

중요한 문제였다. 아란교의 주요 교리 중 하나는 아란의 몸에서 한 몸이 되어 영생할 수 있다는 것이다. 그리고 이것은 허깨비 신의 허황된 교리와 달리, 실제로 확인할 수도 있었다. 분기마다 찾아오는 축일에 아란교 신도들은 추첨을 통해 잠자고 있는 아란 가까이 다가갈 수 있었다. 당첨된 이들은 사제의 인도에 따라 아란의 몸에 나 있는 수십 개의 촉수 중 하나와 접촉하게 된다. 끝이 나팔꽃 모양처럼 생겨 속이 비어 있는 관 형태의 촉수에다 아란에게 삼켜진 이의 이름을 부르면 아란의 몸속에 있는 이가 답을 해왔다. 축일날 신도들이 아란의 촉수 앞에 무릎을 꿇고 자신이 사랑했던 이의 이름을 부르며 눈물 흘리는 모습은 사제들에게 익숙한 풍경이었다.

"넌 그걸 믿어?"

"믿냐고? …믿고 말고의 문제가 아니야. 나는 얼마 전까지 견습 사제로 축일날 사람들을 인도하는 일을 맡았어. 가장 가까이서 사람들이 이 세상에 없는 이들과 대화하는 걸 봤다고."

나를 신실한 아란교 사제라고 부를 수는 없었다.

하지만 그렇다고 사제 지위에 어울리지 않을 만큼 교단을 의심하는 사람도 아니었다. 본신들에게 희생할지 어떨지는 알 수 없지만, 저들을 믿고 따르는 이들이 있고 그것이 사회 질서를 유지하는 데 도움을 준다면 그 가치는 인정할 수 있다고 믿었다. 나는 그렇게 적당히 세속적인 많고 많은 사제 중 하나였다.

나명이 고개를 돌아 나를 보며 말했다.

"그게 정말이라면 교단은 왜 너에게 내 뒷조사를 시키는 거야?"

"무슨 말이야?"

"내가 의심스럽다면 그냥 아란의 몸속에 있는 류정에게 물어보면 됐을 거 아냐?"

나명의 질문은 타당했다. 나는 몇 가지 교리에 따른 문답을 했지만, 그 자리에서 나 자신도 인정할 만한 답을 내놓지는 못했다. 나명 또한 내 대답에 시큰둥하게 대했다.

다음 축일이 왔을 때 나는 행사를 끝마친 뒤, 다른 사제들이 자리를 비운 틈을 타 아란의 촉수 하나에다 그 이름을 불렀다.

"류정, 거기에 있어?"

나팔관 모양의 촉수 끝이 천천히 울리며 목소리가 흘러나왔다.

"시운이? 너 시운이야?"

낮고 음침한 구석이 있지만 내가 기억하는 류정의 목소리가 맞았다.

"그래. 너 나명 기억해?"

"응. 내 걱정은 하지 마."

"걱정하지 않아."

"난 여기 잘 있어. 여긴 평화롭고 아무런 걱정 없는 곳이야."

"나명이 널 함정에 빠트렸잖아."

"안심해. 언젠가 우리는 함께할 수 있을 거야."

"기억해. 나명이 널 죽였어."

잠시 침묵하던 나팔관에서 다시 소리가 새어 나왔다.

"…나명?"

"그래."

그리고 느닷없이 나팔관에서 비명 소리가 터져 나왔다. 행사 도중에도 이따금 있는 일이었으므로, 나는 다른 사제들이 눈치채지 않도록 손바닥으로 전해지는 떨림이 잦아들 때까지 나팔관의 밑동을 양손으로 움켜쥐었다.

이후 몇 번 더 류정과 대화를 시도했지만, 의미 있는 대화가 성립되진 않았다. 아란의 촉수는 나명에 대한 단편적인 정보에 대해서는 기억하고 있는 것 같았지만, 그 이상은 아니었다. 가끔은 나를 가족 중 하나로 착각하거나, 내 이름을 듣고 비명을 지르기도 했다. 류정이 가장 멀쩡한 사람처럼 행동하는 때는 한순간뿐이었다. 내가 축일에 찾아오는 신도들처럼 류정을 보고 싶다고 말할 때 정도였다. 그럼 류정은 그제야 제 역할을 제대로 찾은 것처럼 사람 흉내를 냈다. 그 이외에는 고장 난 녹음기 이상이 되지 못했다.

나는 마음속에 정리를 끝낸 뒤 노천카페에서 나명을 만나 이 이야기를 모두 알려주었다. 나명은 그럴 줄 알았다는 듯 고개를 끄덕였다.

"우리 일 하나 할까."

"일이라니?"

나명이 말했다.

"보면 모르겠어? 사람들은 교단에서 말하는 거라

160

면 쉽게 믿잖아. 진짜가 아니어도 믿는다면, 누구라도 거짓으로 사람들을 믿게 만들 수 있는 거지. 그리고 사람들의 믿음은 권력도 되고 돈도 되지."

"…사교라도 만들자는 거야?"

"그래."

나명은 시원하게 대답했다.

"넌 이야기가 빨라서 좋아."

이미 나명을 고발하지 않은 이상, 한 배에 타고 있는 것이나 다름없긴 했다. 그렇다고 해도 나명의 제안은 너무 무모하게 보였다.

"너한테 크게 나쁜 이야기는 아닐 거야. 단지 교단 내부에 내가 전하는 소식을 알려주기만 하면 돼. 사제들 대부분이 워낙 신실해서 제안을 해볼 엄두도 안 나더라고."

"그래서였구나."

"뭘?"

"너는 별을 삼키는 아란이 교단에서 말하는 것처럼 위대한 존재가 아니라는 걸 이미 알고 있었어. 내가 별 볼 일 없는 신앙을 완전히 내려놓게 하려고 류정 이야기를 꺼낸 거지."

나명은 미소만 짓고 답하지는 않았다. 나도 더 물어보지 않았다. 여기서 한발 더 나아가 질문을 한다면, 류정을 죽일 때 내가 찾아올 것을 가늠했는지도 물어보아야 했다. 그것까진 괜찮았다. 나명은 내가 아는 사람 중에 가장 똑똑한 사람이었다. 배경이 조금만 더 따라줬다면 시청 사무관 자리도 노려볼 수 있었을 것이다. 류정이 죽었을 때 안면이 있는 내가 조사를 할 가능성도 염두에 둘 수 있었다.

이 계획은 내가 생각한 것보다 더 오래전부터 시작되었을지도 몰랐다. 이를테면 오래전 기숙학교 시절, 안식일에 학교를 빠져나가 우리가 폐허를 돌아다니던 그때부터 조금씩 계획을 세웠을지도 모를 일이었다. 그렇다면 나는 조금 나명이 무서워질 것이었다.

"무슨 일이 생기면 단순히 목숨을 거는 것으로 끝나지 않을 텐데."

"그렇게 되면 날 팔아."

나명은 내게 약속했다.

"내가 한 제안이니까, 내가 책임져야지."

★

오견은 힘들어 보였다. 오견의 살집을 생각하면 당연했다. 이마부터 어깻죽지까지 땀으로 몸을 적셨다. 언제나 옷매무새가 단정한 것만 보았기 때문에 나는 웃었다.

"고생이 많습니다, 오견."

"덕분에."

오견은 양 무릎을 잡고 숨을 몰아쉬다가 손수건을 꺼내 이마의 땀을 훔쳤다. 공안원들이 오견을 뒤따라 올랐다. 사제도 둘 있었다. 아마 저것으로 끝나지도 않을 것이었다. 그들은 총을 들고 있었지만 곧장 나를 겨누지는 않았다.

"감응관 하나 상대하는 데 너무 공을 들인 거 아닙니까?"

"확실히 해두자는 거지."

그 말에 나는 웃어넘겼지만 곰곰이 따져보면 의아한 부분이 없지는 않았다. 시청과 교단 둘 다 공을 너무 많이 들였다. 그리고 오견이 여기까지 올라올 이유도 없었다. 위치를 안 이상 날 죽이기 위해서라면, 예의 목련존자를 보내는 것으로 충분했을 것이다. 오견이 여기까지 올라온 것은 날 죽이지 않기 위해서였다.

"뭘 확실히 하자는 겁니까?"

오견이 이제야 허리를 폈다.

"내 말했지 않나, 자네같이 뛰어난 감응관을 놓치고 싶지 않다고."

"무슨 말입니까?"

"뭔가 오해하고 있나 보군. 나는 자네를 잡으러 온 게 아니라, 구하러 온 거야."

전혀 예상하지 못했던 엉뚱한 말이라 다리에 긴장이 풀렸다. 모든 게 악몽에 불과했다는 그 말이 달콤하게 들렸다. 하지만 의식해서 단단히 힘을 줬다. 달콤한 것은 건강에 좋지 않다.

오견이 말했다.

"공단에서 자네가 우리가 주시하고 있던 사교도에게 납치됐다는 소식이 있었지. 저 여자 말이야."

오견은 죽은 나연을 가리켰다.

"공안원들에게 자네가 앞서 걸으며 총으로 위협당하는 모습을 봤다고 했어. 자네의 능력도 모두 협

박받아 쓴 거겠지. 고생했군."

"하지만…."

오견이 정말로 그런 오해를 하고 있었을 리는 없었다. 하지만 우리를 쫓던 공안들과 사제가 비교적 덜 적극적이었던 것도 사실이었다. 단순히 운이 좋아서 살아남았다기엔 몇 번이나 위험한 순간이 있었다. 무엇보다 나연을 노리고 있던 다른 공안원들은 제대로 상황을 파악했을 것이었다. 두 명의 감시원을 소리 없이 혼자서 죽일 수는 없었다.

내 예상이 맞는지, 오견이 웃었다.

"윗선에는 내가 다 말해뒀어. 자네와 관계된 사사로운 문제 정도는 아무도 흠잡지 않을 거야."

"하지만 왜 그런 함정을 팠던 겁니까?"

오견은 천천히 내게 걸어왔다.

"자네가 주시를 받고 있던 건 사실이야. 그래서 자네가 정말로 어떤 생각을 하고 있었는지 시험해볼 필요가 있었지. 그런 설득을 하려면 연극이 필요했고. 하지만…."

오견은 나연을 내려다보곤 나연의 종아리를 툭 발로 찼다.

"그럴 필요는 없게 되었군. 저 친구들이 증인이 되어주겠지."

오견의 말을 신용하는 듯 나는 고개를 끄덕였다. 그리고 나연의 깨진 두개골 안으로 손가락을 집어넣어, 감응을 시작했다. 내가 다시 고개를 끄덕이고, 오견이 뒤로 걸어가고, 나연의 종아리를 걷어찬다. 나는 초점을 옮긴다. 오견이 모습을 드러내기 전, 나연의 뒤통수에서 총알이 뽑혀 나와 내 총구를 들어가는 그 순간, 공안의 준비 태세를 확인한다. 공안의 무기 몇몇은 탄창에 화약이 적게 들어가는 저살상 탄환이었다. 이 탄환은 경제적인데다 사람을 사로잡을 때 사용된다. 하지만 이것으로는 어떤 정보값이 있다고 볼 수 없다. 니는 옥상의 바로 아래층을 가볍게 훑고 지나간다. 어째서인지 벽이 없이 훤히 드러난 이 공간은 탑의 다른 공간과 달리 햇볕이 한가득 들어찬다. 부서진 벽면 사이로 덩굴이 자라고 바람이 불어 먼지가 쌓인 자리에는 허벅지까지 오는 작은 활엽수도 자랐다. 그리고 그 공간에 공안원들이 기다란 장대를 준비 중이다.

분명 긴급하게 준비한 것 같았다. 장대를 이루는

것도 기다란 나무 막대를 엮은 것이나 쇠 파이프 따위의 급조한 물건인데, 그 끝에는 통칭해 갈고리라고 할 만한 것이 묶여 있다. 무언가를 낚아채기 위해서지만, 공안원들도 이런 물건으로 맡은 임무를 수행할 수 있는지 확신은 없는 것 같다. 공안원 하나는 난간도 없는 가장자리에서 조심스럽게 옥상을 향해 올려다보고 있다. 나는 공안원의 시선을 따라 초점을 이동시킨다. 옥상의 출입구, 나연이 밧줄을 풀어달라는 내 부탁을 받고 이제 막 앞으로 걸어가고 있다. 나는 감응을 끝낸다.

"알겠습니다. 그럼 이렇게 하죠."

나는 빈 권총을 내 머리에 댔다.

오견이 당황한 듯 날 바라본다.

"자네 뭐 하는 건가?"

"왜 그렇게 절 죽이지 않으려는 겁니까?"

오견은 반사적으로 내게 다가왔고, 나는 오견에게서 멀어지기 위해 뒷걸음질 쳤다. 그건 자연스럽게 보였다.

"잘 납득이 되지 않는 부분이 있습니다."

오견은 한껏 여유를 부렸다.

"자네가 지금 너무 흥분해서 그래. 방금 살인을 했지. 제대로 된 판단이 되지 않을 수도 있어. 자네도 그건 인정하지?"

"답해줄 수 있습니까?"

"질문해봐. 너무 성급한 결정만 하지 말고."

내가 질문했다.

"정말로 절 구할 생각이었다면 어떤 공안원에게라도 실마리를 줄 수 있었을 텐데요."

"저 여자가 알아봤을 가능성도 있지 않나?"

"저는 감응관입니다. 보통 사람이라면 절대 찾을 수 없는 곳도 들여다볼 수 있었습니다. 심지어 그 실마리가 이후에 지워지더라도요."

"아, 그야 그건….."

오견은 그 간단한 걸 모르냐는 듯 가볍게 이마를 쳤다. 양쪽 눈을 가리는 동작이었다. 의중은 분명했다. 나는 오견보다 빠르게 움직였다. 꽤 뒤로 이동했기 때문에, 충분히 가능성이 있었다. 나는 옥상 가장자리로 내달렸다.

"빈 탄창이었나!"

오견이 급하게 외쳤다.

"다리! 다리를 쏴라!"

생각한 것보다 난간이 멀었다. 총알과 옥상 바닥에서 부서져 튕기던 파편들이 다리 사이를 지나가는가 싶더니, 이윽고 허벅지 바깥쪽으로 화끈한 통증이 이어졌다. 하지만 내가 난간을 짚는 순간, 다시 오견이 외쳤다.

"안 돼! 쏘지 마! 죽이면 안 된다!"

오견은 늘 판단이 올바른 사람이었다. 나는 난간을 짚는 순간 두 다리를 끌어올리며 몸을 둥글게 말았다. 오견이 나를 죽이지 않으려는 것은 확실히 사실이었다. 하지만 나를 구하려고 온 것은 거짓말이었다. 정말로 그렇게 생각했다면 내게 먼저 알리지 않을 이유가 없었다. 지금의 오견은 내가 목숨만 살아 있다면 어떤 상태이든 상관이 없다는 태도였고, 그것은 나를 기필코 개종시켜 아란의 제물로 바치겠다는 것처럼 보였다.

이해할 수 없는 부분은 바로 그것이었다. 그것이 내가 그냥 죽는 것보다 오견에게, 그리고 시청과 교단에 얼마나 더 도움이 되냐는 것이다. 하지만 이도의 선택은 내 추측이 맞다고 설득했다. 나를 죽이는 것이 나를 위한 것이라는 그 선택이.

나는 그대로 몸을 구른 다음 난간 아래로 추락했다. 오견이 급하게 날 붙잡으라고 외쳤다.

익히 보았던 장대와 갈고리들이 내 아래로 모였다. 첫 번째는 부러졌고, 두 번째는 나를 지나쳤다. 하지만 단단한 쇠 파이프로 만들어진 장대와 거기에 있는 갈고리가 내 옆구리를 찔렀다. 갈고리 끝이 내 옆구리를 꿰어 등 쪽으로 비집고 나왔다. 난 거꾸로 매달렸다.

공안원이 신난 듯 외쳤다.

"잡았다! 잡았습니다!"

뒤이어 나를 놓쳤던 장대들도 나를 향해 흔들리며 다가왔다.

나는 품에서 의장용 단검을 꺼냈다. 그러곤 내 뱃가죽을 슬근슬근 베었다. 공안원들이 예상치 못했다는 듯 비명을 질렀다. 하지만 장대가 워낙 길고 내 무게 때문에 공안원들은 이러지도 저러지도 못하며 장대만 흔들었다. 늘어난 내장이 내 턱까지 늘어졌다. 뒤늦게 날 걸어놓은 장대를 여럿이서 맞들면 된다는 발상을 떠올린 것 같았지만 나는 이미 내 옆구리를

모두 베어낸 뒤였다.

의장용 단검이 모두 베어지기도 전에 질긴 가죽이 내 무게를 이기지 못하고 찢어졌다. 순간 공안원들 뒤쪽 그림자 속에서 목련존자가 모습을 드러냈다. 늘 너무 늦었다고 생각했지만, 이번만큼은 내가 빨랐다. 나는 추락했다.

탑은 높아서 이렇게나 오래 떨어지는가 싶었지만, 지루할 틈 없이 뒤통수에서 묵직한 충격이 전해져왔다. 이어 부러진 목뼈 때문에 몸 아래는 팔다리를 아무렇게나 뻗으며 내팽개쳐졌다. 뒤통수는 반쯤 함몰되었고 베인 옆구리의 내장들은 충격 때문에 몸을 이탈해 내 몸을 이불처럼 덮고 있었다. 내 한쪽 눈은 탈출했고 반대쪽 눈은 반쯤 튀어나왔다가 다시 들어갔다. 수정체가 깨져 눈물을 흘리는 것 같았다. 심장은 완전히 멎었을 뿐만 아니라 부서진 척추뼈가 이미 찢어놓았다. 두 번 다시 뛸 일은 없을 것이다. …나는 이변을 뒤늦게 알아차렸다. 나는 죽었음에도 사유했다. 저 부서진 육체는 나와는 무관하다는 듯.

나는 흥미가 동해 내 내장과 머리통을 들여다보았다. 하지만 깨끗하게 들어내어진 장기들을 들여다봐도 해부학적인 다른 문제는 없어 보였다. 이번엔 머리. 붉은 액체와 회백색 기름이 뭉클하고 두개골에서 새어 나와 있지만 그 내부에 다른 이물질은 없었다. 의아했다. 나는 본신의 선물을 삼켰을 때 신체 외부로 발현되지 않았기에 분명 내부에 성흔이 존재해야 했다.

나는 내 시체, 한때 나였던 것 주변을 서성이다가 내가 다른 일을 할 수 있는지 확인했다. 나는 감응했다.

그러자 튕겨나갔던 내장들이 옆구리로 말려들어가고, 거꾸로 매달린 사람처럼 팔다리와 몸이 떠오르더니, 부러졌던 목이 붙고 머리통이 복원되며 떠오른다. 나는 이제 상승하기 시작한다.

이윽고 내 육체는 서툰 갈고리들에 얽매이고, 나는 단검을 이용해 내장을 집어넣고 실없이 봉합을 마친다.

난간에 누워 몸을 굴리고, 옥상에 안착하자 허벅지에 박힌 총알이 쏘아져 제자리로 돌아간다. 이제는 답을 알아낸 불필요한 오견과의 대화가 되먹어진다.

공안과 사제, 오견이 퇴장하고, 나연이, 이도가 또 다시 살아난다. 나는 이제 나연의 뒤통수를 쏘지 않을 것이고 이도를 어둠 속에서 죽이지도 않을 것이다.

나와 나연은 불과 십여 킬로미터의 거리를 도망치느라 전전긍긍한다. 나와 나연은 금세 다시 나연이 일하는 공장으로 돌아온다. 내가 공장을 빠져나가자 나연을 노리고 있던 공안원들 또한 모두 제자리로 돌아간다.

내가 나연을 추적하는 짧은 수사극은 이제 불필요하다. 나는 도시를 내려다본다. 그사이 어떤 일이 일어나고 있는지 확인한다. 모든 부정들이 없었던 것이 된다.

목련존자가 대경기장으로 되돌아온다. 죽은 이들은 모두 되살아난다. 나는 대경기장 밖에서 몸을 숨기고 목련존자를 조종하는 나연의 동료 모습도 확인한다. 하지만 이것은 허튼일이 될 것이다.

하늘이 몇 번이나 맴돌고 해는 동쪽으로 해넘이를 이어간다. 이도와 함께 일하는, 서로에게 만족스럽지 않은 후일담이 이어진다. 하늘이 번쩍이는가 싶던 순간 밤이 찾아오고, 내가 몇 번이나 보았던 모습, 별 삼키는 아란이 나명을 되뱉는 모습을 본다. 아란은 아직까진 나를 알아차리지 못했다.

나명과 다른 제물들이 구속에서 풀려나고, 사제들과 함께 뒷걸음질 치며 제단 아래로 내려갈 때, 나는 천천히 제단 위로 내려앉는다. 아란은 나를 알아차린다. 몸을 천천히 떤다. 하지만 내 모습을 볼 수 없어 몇 개의 촉수를 자신이 담긴 구덩이에서 흐느적댈 뿐이다. 나는 아란이 된다. 아란의 크고 거대한 주둥이와 손으로 삼는 촉수와 그저 다른 생물을 현혹할 때 사용하는 나팔관의 촉수, 다른 외신들과의 싸움에서 제 생명을 지켰던 단단한 등딱지를 느낀다. 나는 아란의 몸으로 웃으며 제 촉수를 물어뜯어 삼킨다. 통증 때문에 비명이 새어 나온다. 나는 웃는다. 아란교의 사제들이 모두 미쳐서 울거나 비명을 지른다. 소수의 사제들만이 이다음 무슨 일을 해야 하는지 알아차린 것 같다. 나는 그들의 얼굴을 기억해둔다.

나는 아란의 고통을 내 양식으로 삼아 더 뒤로 돌아간다. 아란은 제 몸을 삼켰다가 다시 내뱉고 자신이 왜 이런 일을 벌이는지 이해하지 못한다. 나를 보고 두려워했던 것도 다시금 잊어버린다. 내 존재 자체를 자각하지 못한다.

나와 나명이 허깨비 신을 빌미로 일을 벌이고 수습하기를 반복한다. 나연이 이따금 얼굴을 비춘다. 그 모든 일이 반대로 일어나서 해결이 끝나면 일이 일어난다. 당시의 나는 나명이 세속적이지 않은 사람임을 감지했었다. 나명은 정말로 허깨비 신을 믿고 있다. 그러지 않고서야 그 아름다운 강론이 가능할 리 없을 테니까. 영달을 위해서라면 하지 않았을 일임에도 나는 기꺼이 나명을 도왔었다. 그것이 결국 파국이 될 것임을 알고 있음에도.

류정의 장례식이 끝나고, 나와 나명이 만났다 헤어진다. 나와 나명, 서로를 향한 세계의 지루한 일들이 이어진다. 서품식이 끝난다. 본신의 선물은 눈속임이다. 스스로에 대해서도 알지 못하는 무지렁이인 나를 속이기 위해서였다. 류정은 더는 이런 불필요한 놀음에 고통받지 않을 것이다.

나는 오래전부터 감응이 꿈이라고만 생각했다. 나는 그것이 현실이 아니라고 믿었기 때문에, 나는

그 꿈에서 깨어날 수밖에 없었다. 하지만 감응이야
말로 현실이었고, 현실이라고 생각했던 것이야말로
꿈이었다. 본신의 교단은 어떻게든 이것을 자각하지
못한 나를 산채로 집어삼켜야 했을 것이다. 아란의
배 속에 잠겨 나는 내가 누구인 줄도 모르고 잠들
었을 것이다. 그러고선 언젠가 다시 돌아올 때를 기
약 없이 기다려야 했을 것이다.

　　하지만 그런 일은 일어나지 않는다.

　　도시의 동쪽, 폐허 속에서 세 아이가 거울을 끌어
안고 뒷걸음질 치고 있다. 류정과 나명, 그리고 나다.

　　내가 가로젓자, 류정이 말을 삼킨다.

　　"?아알 넌 ,운시 ?데뭔 게그 ?신 비깨허"

　　".해 고다었민 을신 비깨허 은들랍사 날옛"

　　나명이 말을 되먹는다.

　　".어있 가기야이 는다온아돌 이신 비깨허"

　　나는 꿈에서 깨어나듯 감응을 끝낸다.

　　"나명."

　　"왜?"

　　이번에는 나명이 말하기 전에, 내가 먼저 말한다.

　　"허깨비 신이 돌아온다는 이야기 알아?"

류정은 무슨 이야기를 하냐는 듯 한쪽 눈썹을 치켜올린다.

나명은 두 눈을 크게 뜨고 나를 바라본다.

나는 미소를 짓는다.

〈끝〉

작가의 말

　작중에서 나오는 되먹음말의 고증은 틀렸다. 예를 들자면 '날 찾아와[날 차자와, nal tsʰadzawa]'의 되먹음말은 '와아찾 날'가 아니라 '아왕잦 란'으로 표기하고 [아왓닷츠 란, awazdasʰt lan]으로 발음해야 된다. 하지만 두 가지 이유에서 그렇게 표기하지 않았다. 첫 번째는 국제음성기호와 표준발음, 음운현상을 찾아 뒤적이며 되먹음말을 고증하는 것이 진정 의미가 있냐는 것이다. 분명 자기만족은 있겠지만 암호를 써두고 누군가 해석해주길 은근히 기대하고 있는 것은 퍼즐 디자이너의 덕목일 수는 있어도 소설가의 덕목은 아니다. 게다가 소설은 이해할 수 있어야 한다. 모든 소설이 반드시 쉬워야 한다는 이야기는 아니지만, 소설은 지금 상태로도 독자에게 도전적인 읽기를 요구하는 소설이지 않은가. 무엇보다도 그 암호 풀이는 독자에게 별로 재밌지도 않을 것이다. 두 번째 이유는 이 소설의 근간이 김상훈 번역가가 번역한 로저 젤라즈니의 단편 〈성스러운 광기(Divine Madness)〉에 있기 때문이다. 영문의 경우 거꾸로 쓰는 것만으로 되먹음말이 성립되지만, 한글의 경우 그렇지 않다. 김상훈 번역가는 젤라즈니의 단편에서 나오는 되먹음말을 이 글과는 다른 방법으로 번역하긴 했으나, 어떻게든 독자가 읽을 수 있는 형식이란 점에서는 같다.

소재면에서 이 글에 크게 영향을 준 것은 세 가지다. 하나는 코즈믹호러다. H. P. 러브크래프트를 본령으로 하는 이 SF와 호러의 교잡종은 근대에서 현대로 넘어서며 다소 우스운 농담으로 소비되는 경향이 있다. 우리는 근대 이후를 살고 있고, 우주의 끝없는 광대함에 질려버리는 것은 학생 시절 《코스모스》나 《엘러건트 유니버스》 같은 책을 읽을 때나

우주의 크기를 가늠하는 유튜브 영상을 볼 때 정도니까. 더는 우리를 개미처럼 생각하는 초월적 존재에 대해 공포심을 느끼지 않는다. 하지만 그런 지식과 인식에도 불구하고, 나는 우리의 정신이 정말로 근대에서 현대로 도달했는지는 의심하곤 한다. 가끔씩이나마 코즈믹호러가 작동한다면 그러한 연유 때문이 아닐까. 다른 하나는 이인증(離人症)이다. 이인증은 많은 정신장애의 증상 중 하나이며 낮은 세르토닌 수치를 암시하고, 유체이탈을 설명하기도 한다. 논리적으로는 사실이 아니라는 것을 알고 있음에도 이인증을 겪으면 마치 몸과 영혼이 분리 되는 증거를 찾아낸 것만 같다. 세 번째는 되감기다. 앞서 언급한 젤라즈니의 작품이 아니더라도 F. 스콧 피츠제럴드의 소설 〈벤자민 버튼의 기이한 사건〉이나 Number None에서 제작한 퍼즐 게임 〈브레이드〉, 크리스토퍼 놀란의 영화 〈테넷〉같은 작품이 유사한 소재를 사용한 작품이다. 시공간 전체가 아닌 부분만을 되돌려 불완한 것을 완성하는 작업은 향유자의 일반적인 인식을 거스르는 구석이 있다. 그것은 사람의 이해가 시간순행적이기 때문이다. 나는 불가해함에 대한 도전이 그 자체로 의미가 있다 생각했다.

주제적인 측면에서 이 소설은 내 단편 〈미궁에는 괴물이〉와 유사하다. 그리고 그 단편은 오래된 신화와 모티프들에 기대고 있다. 이런 반복되는 이야기는 질렸고 더는 할 필요가 없다고들 말하지만 나는 이 이야기를 여전히 좋아한다.

이 글은 오래 서성이고 여기저기 기웃거렸다가 뒤늦게 제자리를 찾았다. 이 글을 먼저 읽고 평을 주었던 단요, 스트렐카, 유샤에게, 그리고 포엠, WGR, 토요포커모임과 같은 작가 모임에 고맙다고 하고 싶다. 그리고 작품에 글에 빛을 볼 기회를 준 아작 출판사 관계자 일동과 일러스트레이터 문쥰수 작가님에게 감사를 드린다. 물론 친구와 가족에게도.

부디 즐거운 독서 되(었)길.

2023년
위래

dot.4
허깨비 신이 돌아오도다

초판 1쇄 발행 2024년 1월 11일

지은이 위래
펴낸이 박은주
디자인 김선예, 이수정
마케팅 박동준

발행처 (주)아작
등록 2015년 9월 9일 (제2023-000057호)
주소 07236 서울특별시 영등포구 의사당대로 38 102동 1309호
전화 02.324.3945-6 **팩스** 02.324.3947
이메일 arzaklivres@gmail.com
홈페이지 www.arzak.co.kr

ISBN 979-11-6668-804-1 04810
979-11-6668-800-3 04810 (세트)